COLLECTION FOLIO

René Frégni

Maudit le jour

Denoël

Né le 8 juillet 1947 à Marseille, René Frégni a déserté l'armée après de brèves études et vécu pendant cinq ans à l'étranger sous une fausse identité. De retour en France, il a travaillé durant sept ans comme infirmier dans un hôpital psychiatrique avant de faire du café-théâtre et d'exercer divers métiers pour survivre et écrire.

Depuis plusieurs années, il anime des ateliers d'écriture dans la prison d'Aix-en-Provence et celle des Baumettes.

Il a reçu en 1989 le prix Populiste pour son roman *Les chemins noirs* (Folio n° 2361), le prix spécial du jury du Levant et le prix Cino del Duca en 1992 pour *Les nuits d'Alice* (Folio n° 2624), le prix Paul Léautaud pour *Elle danse dans le noir* (Folio n° 3576) en 1998, et le prix Antigone pour *On ne s'endort jamais seul* (Folio n° 3652) en 2001.

Avant-propos

Mon plus lointain souvenir d'écriture est un souvenir de souffrance. À l'âge de six ans, comme tous les enfants de mon quartier à Marseille, je suis entré à l'école communale. C'était un 1er octobre et j'avais très peur. Dès que j'ai franchi la porte de la classe tous les élèves ont éclaté de rire. La honte a anéanti la peur.

Pour la première fois, je me suis rendu compte que des lunettes étaient posées sur mon nez. Pendant cette interminable journée ces enfants du quartier m'ont appelé « quatre œils ». Il n'y avait pas une seule petite fille autour de moi pour apaiser leur cruauté. Ils devaient avoir aussi peur que moi.

Le soir même, je suis descendu discrètement dans notre cave et j'ai enterré mes lunettes sous le tas de charbon. J'ai dit à ma mère que je les avais perdues. Elle a souri tristement et m'a pris dans ses bras. Ma mère est la seule personne qui ait compris mes souffrances avant même que je les subisse.

Vous vous demandez sans doute pourquoi je vous raconte cette histoire alors qu'il est question de nouvelles, de récits. Tout simplement parce que dès lors j'ai tiré mon enfance, de saison en saison, dans une classe plus obscure qu'une nuit sans lune.

Nous tracions nos premières lettres sur ces immortels cahiers à lignes violettes et marge rouge. Je discernais à peine la tache claire de la page sur le bureau noir. Les petites lignes, je ne les voyais pas, j'écrivais dans la tache claire. Lorsque la plume crissait férocement je faisais marche arrière, je venais d'écrire sur le bureau. L'encrier, mon porte-plume et mon cahier devinrent des instruments de torture.

J'ai passé mon enfance à rêver à la belle lumière qui inondait dehors les forêts, les chemins et les villes. Je n'étais plus « quatre œils », ce demeuré pour toute la classe. On ne riait plus de moi, des idiots il y en a toujours plusieurs dans chaque classe.

Très vite j'ai fait l'école buissonnière, dehors j'étais bien, tout seul je marchais jusqu'au soir dans les collines, les chemins et les rues de ma ville.

Je pris tellement goût à cette liberté, à cette lumière que lorsque l'armée m'appela à l'âge de dix-neuf ans, je mis un mois pour traverser la France et l'automne. Je quittai Marseille sous les platanes verts, j'arrivai à Verdun dans une campagne rouge. On me jeta dans un cachot. Déserteur !

Là, pour la première fois de ma vie, entièrement seul, j'osai poser sur mon nez une paire de lunettes à peu près à ma vue que j'avais trouvée sur un banc au bord de la route.

L'aumônier de la caserne m'apporta des cahiers, un stylo et un regard tranquille. J'avais tellement envie de parler à une jeune fille que je traçai en rêvant mes premiers mots d'amour sur ces petites lignes violettes qu'enfin je voyais.

On me changea plusieurs fois de cellule, discrètement j'emportais mes cahiers, la seule chose qu'alors je possédais. Dans ces quelques prisons je ne souffris pas. Dès le matin je prenais mon stylo, j'ouvrais mon cahier. Il suffisait que j'écrive le mot femme, plage ou figuier, et le monde entier entrait dans ma cellule avec ses bruits, ses odeurs, ses mystères, ses cruautés et ses joies.

Par miracle ce petit cahier, qui durant des années avait été instrument de torture, devenait brusquement machine d'évasion. Ces lignes violettes, je les utilisais comme les barreaux d'une échelle. Sur cette échelle de mots, j'appris à franchir les plus redoutables murailles.

Plusieurs années ont passé, cette prison au bord de la Meuse n'est qu'un souvenir de brouillard. Pourtant, chaque matin je m'assois à mon bureau sous la lumière des saisons, et dans le plus clair des bonheurs j'ouvre le centième ou cent cinquantième de ces cahiers dont le premier, celui de l'école communale, montrait sur sa couverture cartonnée un homme nu soulevant de toute la puissance de ses muscles le monde. Cet homme est Hercule. Ses douze travaux sont célèbres depuis la Grèce antique et moi modestement, chaque jour, j'essaie d'accomplir le mien qui n'est pas de soulever le monde mais de le comprendre un peu, de le sentir et d'essayer de partager ce qu'il nous offre de pire et de meilleur, l'infamie des hommes, leur tendresse et leur immense peur.

Voici quelques nouvelles écrites sur ces cahiers à carreaux qui ne me quittent jamais : un train qui traverse l'Allemagne en longeant le Rhin, une chambre d'hôtel face aux remparts de Saint-Malo ou donnant sur les roches blanches de Marseille l'été où je vais encore me baigner. Certaines ont les apparences de l'autobiographie, d'autres semblent plus extravagantes, sorties tout droit de mon imagination. En les relisant je me dis que les personnages inventés me ressemblent plus que ceux que je côtoie chaque jour.

J'ai eu longtemps la tentation de puiser dans ma vie pour écrire des romans, depuis quelque temps j'ai l'étrange sensation que la fiction de mes livres devient à chaque pas la réalité de ma vie, et je descends chaque matin boire un vrai café dans une ville sortie de mes songes.

Vierge noire

« Le merle blanc existe, mais il est si blanc qu'on ne le voit pas, le merle noir n'est que son ombre. »

JULES RENARD

Je suis aujourd'hui convaincu que les plus grandes histoires d'amour, souvent féroces et dévastatrices, parfois étranges, commencent toujours simplement à la terrasse d'un café.

Celle-ci est tout à la fois. Chaque matin je prépare mon sac pour filer à l'autre bout perdu de la terre, dans un village qui n'a même pas de nom, et chaque jour je reste là, dans l'enceinte étroite de cette ville, hagard, à attendre je ne sais quelle révélation, fasciné par la beauté du diable.

La beauté du diable… On imagine le diable avec des pieds fourchus, des oreilles pointues, des cornes et une longue queue. Puérile représentation. Sa vraie beauté est démoniaque. Elle vous arrache le cœur.

J'étais donc installé dans un fauteuil à la terrasse du café où je vais chaque jour, sur cette si jolie place de la mairie qui organise la ville. Entre deux gorgées d'une bière très fraîche mes yeux flânaient sur la façade sculptée de l'église. Je songeais à ma jeunesse, à l'Espagne. Octobre posait sur mes épaules ses doigts de mélancolie.

Soudain je ne vis plus l'église. Une femme était là, immobile. Élancée, mollets et bras nus, ses longs yeux d'or me souriaient. Sombre de peau, claire de regard. L'été devant moi.

« Puis-je m'asseoir ? » me demanda-t-elle.

Ébloui, maladroit, je lui tendis un siège.

« Vous ne me reconnaissez pas ? dit-elle en s'installant.

— Votre sourire peut-être », bredouillai-je.

Je fis signe au garçon.

« La même chose que Monsieur. » Puis s'adressant à mes yeux : « Il y a vingt ans, vous souvenez-vous ? ce cargo le *Virginie*. Nous avions fait la traversée ensemble entre Alexandrie et Marseille, un peu comme deux clandestins. »

Elle alluma une Dunhill rouge ; son regard vagua un instant sous la nef encore verte des platanes, retrouva mes yeux.

« Nous avions bu un crème sur le port de Marseille, le jour se levait… Un moment plus tard nous nous étions séparés et vous m'aviez embrassée longuement. J'ai toujours pensé qu'un jour… »

La première feuille morte se posa timidement près de nous.

Elle ouvrit son sac, en tira une petite pierre rouge qu'elle posa sur la table.

« C'est un rubis, il coûte une fortune, ou plutôt, il n'a même pas de prix, je vous le cède pour presque rien.

— Là, tout de suite ? fis-je, de plus en plus ahuri. Pourquoi à moi ? C'est que je n'ai…

— Qu'importe, me coupa-t-elle, la somme n'a aucune importance. Il faut absolument que… »

Elle hésita. Chaque mot mettait son visage au bord du naufrage.

Je fouillai mes poches, en sortis deux ou trois billets. Je savais bien que la pierre était fausse mais ce sourire, ces épaules nues, l'étrange lumière de ces yeux…

« Merci, me dit-elle en se levant, demain si vous voulez, à la même heure, ici. »

Je n'eus pas le mot pour la retenir. Elle me laissa la lointaine rumeur de la ville, la petite église sculptée et la pierre rouge.

Je revins le lendemain, bien avant l'heure de notre rendez-vous. Je comptais les minutes, pas les bières. Mes yeux perçaient les quatre rues à la fois. Mon cœur sautait. Le soir tomba.

Désespéré, je me dirigeai vers le bijoutier de la rue Grande, celui qui une fois par mois répare mon Oméga depuis des années. Je le fais sourire, il n'ose plus me faire payer. Je suis comme ça, je n'ai jamais su quitter les gens et les choses, un jour ou l'autre ils le font pour moi. La nuit je me dis que c'est le destin. Je ne me rendors pas pour autant.

Un voile d'épuisement tomba sur son visage dès que je franchis la porte.

« Encore ! Jetez-la à la poubelle et achetez-en une à cent cinquante francs ! »

Je posai l'œuf rouge sur le petit comptoir.

« Qu'est-ce que c'est ? dis-je. Du quartz ? Du verre ? »

Le bijoutier prit la pierre, la fit tourner deux ou trois fois au bout de ses doigts. Son regard s'assombrit. Il attrapa une loupe, chercha la lumière, fit jouer et miroiter l'œuf.

Soudain sa bouche et ses yeux s'agrandirent, comme si je lui avais collé un 357 sur le ventre.

« D'où vient-elle ?

— Qui ?

— Cette pierre.

— De la terrasse d'un café.

— Attendez, attendez… »

Il prit sur une étagère un petit appareil, y déposa l'œuf, se concentra un bon moment et releva la tête. Ses yeux s'étaient encore élargis. Ils s'approchèrent étrangement des miens.

« Incroyable ! articula-t-il. Incroyable ! Le réfractomètre confirme, c'est bien la famille du Corindon.

— Pardon ?

— Incroyable ! Je ne pensais pas que je verrais une seule fois dans ma vie une chose pareille. Je ne peux même pas le peser, ma balance s'arrête à dix carats et ce rubis doit en peser entre cent cinquante et deux cents. À la terrasse d'un café dites-vous ?

— Un rubis ?

— Invraisemblable ! Marie ! Marie ! »

Sa femme surgit d'un placard.

« Regarde, sans doute l'un des plus beaux rubis du monde. »

Marie se pencha vers le réfractomètre puis approcha de moi la même bouche grande ouverte.

« Vous êtes sûr ? articulai-je à mon tour.

— Sûr ! éclata le bijoutier. Mais regardez ce rouge carmin, ce sang-de-pigeon, cette noblesse ! Regardez ce ciel de feu et les mille étoiles ardentes qui vous appellent. »

Il me demandait de regarder mais il avait repris la pierre précieuse et la faisait danser sous la lumière. Il saisit sa loupe et scruta l'âme rouge de ce ciel.

« Regardez l'inclusion, poursuivit-il, ce tout petit défaut à l'intérieur qui signe cette pierre. Regardez, on dirait un dragon aux ailes déployées, aucun autre rubis ne possède cette marque, c'est son identité, son jardin. Regardez, regardez… »

Hypnotisé, il rêvait maintenant à haute voix. Avant qu'il ne se persuade que ce rubis fabuleux venait de tomber du ciel je l'attrapai au vol, le fourrai dans ma poche et retrouvai la rue.

Depuis un moment mes tempes battaient et je ne sais quelle main empoignait ma gorge. L'automne me fit du bien.

Arrivé chez moi j'avalai d'un coup une Heineken glacée et m'installai sous la lampe de mon bureau avec ma propre loupe.

Était-ce possible ? L'un des plus beaux rubis du monde, ici à Manosque, au creux de ma main. Qui était cette femme si belle, cette apparition ? Et pourquoi moi ?

J'étais abasourdi, hébété. Durant des heures, je fis jouer sous mes yeux cette pierre. Elle n'était que lumière. Sans cesse me revenait le visage si pur de cette jeune femme, presque irréel de clarté lui aussi.

À force de fixer ce que le bijoutier avait appelé l'inclusion, le jardin secret de la pierre précieuse, je m'aperçus qu'il ne représentait pas un dragon aux ailes déployées, comme il l'avait annoncé sous le coup de l'émotion, mais une main ouverte et tendue, une main coupée. C'était frappant, la même main exactement que celles peintes sur le blason de la ville.

Cette main coupée, prisonnière pour l'éternité de sa pierre de lumière, avait-elle un lien secret, voire ésotérique avec notre ville de Manosque ?

À l'aube, épuisé, je m'endormis sur mon bureau sans lâcher ce mystère rouge, comme le petit prince avait dû s'endormir dans le désert en rêvant à sa minuscule planète et à son unique fleur. Étais-je déjà brûlé par l'amour ? Qui à ma place ne l'eût pas été ?

La matinée d'automne inondait d'or les toitures lorsque j'ouvris les yeux. J'habite au milieu des tuiles, l'un des appartements les plus hauts de la ville.

Je pris une douche, bus les deux bols et demi de café que contient ma cafetière italienne et fonçai aux archives où travaille ma copine Nicole.

Amoureusement enveloppé dans un mouchoir au fond de ma poche, l'œuf rouge brûlait ma cuisse.

Nicole me reçut dans sa soupente tapissée de dossiers. Elle travaille tout le jour sous la poussière des siècles et la lumière électrique, au dernier étage de la bibliothèque municipale. Mon apparition matinale bouscula le silence de la poussière et du temps. Elle s'éclaira d'un sourire presque contemporain. Le temps qu'elle allume sa première cigarette, je lui demandai :

« Que veulent dire ces quatre mains à l'entrée de la ville ? »

Sa première bouffée de fumée alla se perdre dans les siècles et les siècles.

« Depuis quand t'intéresses-tu aux mains ? Je te croyais plutôt amateur de visages. »

Son sourire était à présent tout à fait de son temps.

« Chaque doigt de la main représente l'un des cinq villages qui créèrent cette ville, poursuivit-elle, quatre mains parce que quatre portes. Enfin… rien n'est certain.

— Pourquoi ici ? »

Elle éclata de rire. Sans doute la brutalité de mes questions.

« Les anciens changeaient de religion, rarement de lieu de culte. Notre-Dame-de-Romigier est ce lieu. Bien avant la première chapelle chrétienne construite par les moines de Saint-Victor de Marseille s'élevait un temple gallo-romain, et peut-être plus anciennement un lieu de culte celto-ligure.

— Tu veux dire que sous les murs de Notre-Dame-de-Romigier se cachent des milliers d'années d'histoire ? »

Sa main balaya les murs.

« Des centaines de kilos de documents et nous savons si peu... Si Notre-Dame pouvait parler nous en saurions mille fois plus. Attends, me dit-elle, le temps que je fasse chauffer deux cafés et je te raconte l'histoire de la Vierge noire. Dis donc, tu démarres fort ce matin, subitement le passé de ta ville t'intéresse ? »

Le rubis brûlait de plus en plus ma cuisse, je n'avais pas pour l'instant l'intention de lui en parler, le bijoutier se chargerait sans doute de propager la nouvelle.

Elle revint, une tasse dans chaque main, rapprocha une chaise et s'installa près de moi.

« Un ou deux sucres ?

— Un.

— La première chapelle chrétienne fut pillée et partiellement brûlée par les Sarrasins lorsqu'ils mirent à sac la cité vers l'an 900. Dans cette chapelle, une statue de la Vierge était particulièrement vénérée par les Manosquins. Afin qu'elle ne tombe pas entre les mains des envahisseurs, ils l'enfermèrent dans un sarcophage de marbre blanc et l'enterrèrent avant de fuir dans les collines pour échapper aux massacres. En 974, Guillaume le Libérateur chassa les Sarrasins de Provence et les Manosquins purent enfin revivre ici.

— Ils étaient restés presque cent ans dans les collines ?

— Tu en veux un autre ? » Elle désignait ma tasse. « C'est à peu près ça, ceux qui revinrent des collines étaient les descendants de ceux qui y avaient trouvé refuge. Et là, écoute-moi bien, ce fut un grand moment de panique ! On ne se souvenait plus de l'endroit où les anciens avaient enfermé la Vierge noire.

— J'en veux bien un autre. »

Elle s'éclipsa et réapparut les mains fumantes.

« Ne bouge pas, la suite est extraordinaire... C'est un paysan en labourant son champ derrière le chevet de l'église qui la retrouva. Ses bœufs s'arrêtèrent devant un énorme buisson de ronces et refusèrent de bouger. Le paysan arracha le roncier et découvrit, prisonnier des racines, le sarcophage de marbre.

— La Vierge était dedans ?

— Elle y était, intacte. On la réinstalla dans l'église.

— Non, pas de sucre cette fois.

— C'est depuis ce jour-là que l'église s'appelle Notre-Dame-de-Romigier, c'est-à-dire Notre-Dame-des-Ronces en provençal. »

J'invitai Nicole à boire un verre sur la place de la mairie afin de poursuivre sous les platanes cette conversation, mais elle avait rendez-vous avec Manosque Accueil.

Je m'installai donc seul, à la table exacte où deux jours plus tôt ma vie avait été catapultée dans les eaux profondes du mystère par cette apparition, à quelques mètres de l'église sculptée où régnait la Vierge noire.

Y avait-il un lien entre cette femme trop belle qui avait dit me connaître, cet inestimable rubis, la main coupée qu'il emprisonnait et cette ville symbolisée par quatre mains identiques ?

Tout cela était si invraisemblable, si ahurissant. Et cependant, si j'étais sincère, je devais bien reconnaître qu'au-delà du mystère et de la fortune colossale que je transportais dans ma poche, ce qui brûlait non seulement ma cuisse mais mon corps entier et ma raison était l'amour. Que dis-je, la passion ! Oui, cette femme jeune qui m'avait abordé et que je n'avais admirée qu'une poignée de secondes brûlait en moi avec une violence d'incendie affolé par le mistral.

Pas une seconde ne s'était écoulée depuis deux jours sans que son visage et sa silhouette ne me hantent. Trop belle ? Tellement plus que ça ! Irréellement belle ! Démoniaquement belle !

Comme la veille mes yeux s'épuisèrent pendant des heures à scruter les flots de passants que les quatre rues jetaient sur la place. Si j'avais une chance de la revoir c'était ici. Je n'osais plus rentrer chez moi de peur de la rater.

Qu'aurais-je fait chez moi, seul, avec cette femme dans les yeux ?

Une phrase roula dans ma tête : « Plus belle qu'un rêve que je n'ai jamais fait. »

Cependant un homme attira mon attention. Fort, grand, brun, il se tenait immobile devant la vitrine de Jacques et Jany, mes amis coiffeurs, sous « Journée continue ». Impossible d'apercevoir ses yeux dissimulés derrière des lunettes noires. Je fus très vite convaincu qu'ils me fixaient, ma peau et mes cheveux le sentaient. Son manteau aussi était noir et son pantalon.

Je voulus m'en assurer. Je me levai et fis quelques pas vers la rue Guilhempierre. Sa tête suivait mes pas. Alors seulement je pris conscience de la grenade que je transportais depuis deux jours dans ma poche. « L'un des plus beaux rubis du monde », avait dit le bijoutier. Un frisson me balaya des pieds à la tête, soulevant consciencieusement chacun de mes poils. Quelle naïveté, quelle désinvolture. Une fortune dans un mouchoir.

Je bifurquai vers ma maison. L'ai-je dit ? J'habite sur cette même place, juste derrière la fontaine qui chante pour mes nuits et le bonheur des tout-petits esquissant vers elle leurs premiers pas, bouche grande ouverte, toute peur oubliée.

En refermant la porte de l'immeuble, je vis que les lunettes noires étaient braquées sur moi.

Quatre à quatre j'escaladai les marches et m'enfermai à double tour. Je cherchai autour de moi une cachette. Aucune ne me sembla sûre. Soudain je sus. Je pris dans un tiroir un sac en plastique, y enfouis le rubis, emballai ce petit paquet dans d'autres sacs Leclerc et nouai vigoureusement le tout à l'aide d'un morceau de fil à pêche.

Par une trappe qui s'ouvre dans le plafond de ma salle de bains je grimpai dans les combles. De là, par un Velux, j'accédai au toit. Cet exercice m'est familier. Souvent, les soirs d'été, je monte m'allonger sur les tuiles et je laisse la nuit se poser sur mon visage.

J'avançai, bras écartés, en équilibre sur les tuiles faîtières, et atteignis la cheminée.

La rumeur de la place montait jusqu'à moi mais l'épaisse frondaison des platanes me dissimulait à la foule. Je fis semblant de tripoter mon antenne télé au cas ou quelqu'un m'eût aperçu d'une quelconque fenêtre. Celles en vis-à-vis sont loin.

J'attachai discrètement le fil à l'antenne et fis glisser mon paquet dans le conduit de la cheminée.

Personne ne peut accéder à ce toit, très élevé, sans passer par mes combles. Je me sentis soudain plus léger.

Je redescendis dans l'appartement, fermai la trappe et pris mes jumelles. La baie vitrée de mon salon donne sur la place. En me déplaçant, je finis par dénicher une trouée dans le feuillage qui plongeait sur la vitrine des coiffeurs. L'homme noir était toujours là. Il n'avait pas bougé d'un millimètre. J'eus un mouvement de recul. Derrière ses lunettes sombres il fixait mon étage.

À travers les lentilles grossissantes je le voyais comme à portée de main. Plutôt les siennes. Me voyait-il, lui ? M'avait-il aperçu en funambule, là-haut, sur le toit ?

Soudain je ne vis plus rien. Mes jumelles fouillèrent la place, enfin, ce que l'architecture du feuillage m'en livrait. Si peu. L'homme réapparut une fraction de seconde dix mètres plus loin, s'évanouit sous la verdure. Je crus entrevoir sa silhouette obscure au moment où elle pénétrait dans Notre-Dame-de-Romigier.

Qui était cet homme ? Avait-il un lien avec la jeune femme si belle ? Étais-je en danger ? Pouvait-il me mener à elle ? Autant de questions qui bousculèrent ma tête. Je n'avais pas le choix. Danger ou amour, il était ma seule piste.

En hâte je changeai de vêtements. J'enfilai une chemise très verte, un pantalon très large, mouillai mes cheveux, les plaquai en arrière sur mon crâne, fis disparaître le reste de mon bronzage sous une épaisse couche de crème Nivéa, mis mes lunettes de soleil et dévalai l'escalier. De loin il aurait du mal à me reconnaître.

Un instant plus tard, je franchissais à mon tour l'imposante porte de l'église romane.

De gibier je devenais chasseur. Une sensation grisante souleva mon ventre. J'eus l'impression de tenir le premier rôle dans un film noir de Melville. À travers mes lunettes de soleil, noire l'église l'était aussi. Noire cette histoire où je m'enfonçais. Mais trop irrésistible était la femme qui m'y avait projeté.

Quelques rares touristes d'octobre flânaient sous les voûtes, nez en l'air, Nikon suspendu à leur cou. Je regrettai de ne pas avoir pensé à y accrocher le mien. J'eusse été parfait. (Je n'ai qu'un très vieux Foca, que mon père m'a laissé avec un beau paquet de dettes. En m'avançant dans la nef centrale je lançai vers lui, qui vivait là-haut, une pensée affectueuse. Il le méritait. Sous ces pierres de silence sa voix me revint, quelques jours avant sa fin : « Tu sais, mon petit, je vais mourir un jour ou l'autre, mais j'aime autant que ce soit l'autre. »)

Un sourire se forma sur mes lèvres, immédiatement figé par ce que je vis.

L'homme noir était à quelques mètres devant moi. Assis sur un banc, me tournant le dos, au deuxième ou troisième rang, à côté d'un autre homme tout aussi obscur. Leur regard fixé sur les vitraux de l'abside, ils chuchotaient.

Je me dissimulai derrière le premier pilier et tendis l'oreille, en vain.

Quelques minutes plus tard ils se dressèrent et se séparèrent, l'un emprunta l'allée centrale, l'autre la nef de gauche. Je ne pouvais tourner autour du pilier, l'un ou l'autre allait me découvrir.

J'eus à peine le temps de me glisser derrière un Jésus que l'on était en train de restaurer et qui attendait de remonter sur sa croix. Un Jésus janséniste sans doute car il regardait le ciel, les autres regardent plutôt les hommes, en bas, avec compassion.

L'homme noir qui m'avait surveillé s'approchait de moi. Je pris la forme du Jésus, genoux fléchis, menton vers le ciel. Je disparus dans l'ombre de sa souffrance. La mienne à cet instant n'avait rien à lui envier.

L'homme noir nous frôla. Il s'éloigna et sortit de l'église. Où était l'autre ?

Je fis quelques pas sur la pointe des pieds et m'enroulai dans un rideau de velours pourpre.

Le temps s'écoula. Parfois quelqu'un s'approchait que je ne pouvais voir et je retenais mon souffle. Mes pieds dépassaient-ils ?

Profitant d'un long silence, j'écartai un peu le rideau, glissai un œil. Mon cœur se ratatina. Juste au-dessus de ma tête, incandescente dans sa niche de lumière, la Vierge noire me fixait. Trois mètres à peine et une épaisse vitre blindée me séparaient d'elle. La Vierge noire ! C'est pour elle que régulièrement des pas se pressaient, s'immobilisaient. Petite, obscure, elle était vêtue de tissus de couleur agrafés sur sa poitrine.

Que se passait-il donc dans cette église, autour de cette déesse ? Était-elle plus proche de la mère ou du démon ? De la fécondité ou de la mort ?

Depuis deux jours tout semblait m'aimanter vers elle : la main coupée dans le rubis, le manège peu rassurant de ces hommes, tout ce que Nicole m'en avait dit.

Soudain un bruit immense me fit sursauter, suivi d'un roulement de ferraille. J'écartai le rideau. Quelque chose avait changé dans l'église. Elle était brusquement plus glaciale. La lumière de la place ne coulait plus sur les dalles luisantes. On venait de fermer à clé la lourde porte sculptée. Je regardai ma montre. Six heures. On venait de m'enfermer pour la nuit.

J'allais être obligé de dormir sur un banc. Je n'avais même pas pris un pull. Je me tournai vers le ciel, vers mon père. Le mien. Cette fois personne ne figea mon sourire. J'étais seul !

Je fis un rapide tour de l'église à la recherche d'une issue. Il y avait, côté chœur, une autre porte, beaucoup plus étroite mais tout aussi épaisse. Impossible de la défoncer sans ameuter toute la ville, qui m'attendrait derrière armée jusqu'aux dents. Exploser un vitrail à deux heures du matin et me balancer dans le vide ? Encore fallait-il dénicher une échelle pour l'atteindre.

Afin d'être moins seul, je revins vers la Vierge noire. N'était-elle pas plus qu'humaine ? Mille ans plus tôt elle était déjà là. Où étaient à cette heure les centaines de milliers d'hommes et de femmes qui avaient vitrifié de leurs pas, au fil des famines, fêtes, rituels, massacres, processions et autres holocaustes, ces dalles de granit et de marbre ?

Je repérai autour de la niche illuminée une résille de gaines fluorescentes. Pardi ! Elle était truffée de systèmes d'alarme. Chocs, chaleur, mouvements, respirations, vibrations, succions, toux.

Fallait-il qu'elle soit divine cette jeune femme, j'allais dire créature, pour me faire vivre d'aussi cocasses instants ? Quelle créature ? La Vierge sombre ou l'apparition qui m'avait glissé le rubis ? Je ne savais plus. Que pouvais-je savoir dans cette histoire de fou en dormant deux heures par nuit, la tête sur mon bureau ?

Lentement, la nuit referma son poing sur l'église. Seule aux côtés de l'éternité, la Vierge noire flambait, les yeux rivés sur moi et le sourire étrange. Sa couronne semblait de nacre et d'or.

Les heures filèrent. L'épaisseur des murs abolissait la ville. Aucune rumeur, moteur, appel. J'étais dans la chambre du roi, sous des milliers de tonnes de silence, au cœur de la grande pyramide.

Brusquement un bruit de ferraille déchira cet édifice de silence. Un bruit d'abord léger que la nuit démesura et que répercutèrent les voûtes désertes.

Quelqu'un manipulait les serrures de l'étroite porte du chœur. L'effroi glaça mes veines. Je plongeai dans mon rideau.

J'entendis qu'on ouvrait puis refermait à clé la porte. Des pas s'approchèrent. « Aide-moi », dit une voix grave, une voix sourde. Suivit le souffle d'un homme qui force ou qui lutte. Un souffle court.

J'essayai de tenir le plus longtemps possible en apnée.

Le souffle de l'homme se transformait en râle. Je ne pus empêcher ma tête de glisser d'un doigt hors du rideau.

Deux corps massifs étreignaient une immense croix de pierre. Ou plutôt, arc-boutés sur elle des cuisses aux épaules, ils tentaient de l'arracher du sol.

« Vas-y, elle bouge ! » grinça l'un des deux.

Et elle bougea. Non pas comme je m'y attendais, du bas vers le haut. Je vis ses bras tourner sous la lumière de la Vierge noire. L'énorme croix pivotait.

Très lentement, centimètre par centimètre, sous la poussée colossale et le râle des hommes, elle effectua un demi-tour complet.

Les deux hommes se redressèrent et je les reconnus.

Ils s'essuyèrent le front du revers de la main et presque aussitôt disparurent sous terre l'un après l'autre. Je n'en crus pas mes yeux.

J'allais quitter ma cachette pour essayer de comprendre ce qui s'était passé lorsqu'à nouveau on ferrailla dans les serrures de la porte du chœur.

Trois silhouettes se glissèrent à l'intérieur de l'église, refermèrent, s'approchèrent de la croix et furent à leur tour englouties. Ceux-ci n'avaient pas échangé une seule parole.

Durant un quart d'heure l'angoissant ballet sans musique et sans paroles se répéta plusieurs fois. Des hommes ouvraient la porte donnant sur la ruelle, refermaient, s'avançaient silencieusement dans la pénombre et s'évanouissaient derrière la croix.

Une demi-heure s'écoula alors sans que rien ne vienne plus remuer un silence devenu effroyable. Avais-je respiré une seule fois durant tout ce temps ?

Je me dégageai du rideau et à pas de loup gagnai la croix de pierre. Un trou noir s'ouvrait maintenant à son pied. Je compris tout. C'était un passage secret que la croix en tournant sur son socle avait libéré. Je me penchai au-dessus du trou. Silence et nuit.

Je me souvins avoir aperçu des buissons de chandelles, l'après-midi, brûlant à l'entrée de l'église. À pas de loup toujours j'y courus. Il y avait même une boîte d'allumettes familiale. Je choisis le cierge le plus massif, l'allumai, fourrai la boîte dans ma poche et par l'allée centrale, seul, sous l'immense nef j'entrepris une procession qui allait me mener loin, vers une région que peu d'hommes soupçonnent dans notre ville car ils dorment d'un sommeil où ne rôdent ni la folie ni le crime. Un sommeil de fatigues honnêtes et de calmes saisons.

Avant de descendre dans le trou j'observai la croix. Sur une face on avait sculpté une Vierge à l'Enfant, très douce. Sur l'autre un diable aux mains énormes dansait sur un crâne. C'était bien la première fois que je voyais ça. Et cependant, ce double visage n'était-il pas en chaque chose, en chacun de nous…

Je m'accroupis au-dessus du trou. Ma petite flamme éclaira les premières marches d'un escalier en pierre qui filait sous terre.

Je me glissai dans la cavité. C'était un escalier à vis qui tournait deux ou trois fois sur lui-même et me jeta dans une salle qui me parut aussi grande que l'église au-dessus. Ma faible lumière ne pouvait qu'agrandir les ombres.

Je n'eus pas à retenir mon souffle, perdu depuis longtemps. Pas âme qui vive. Où étaient donc passées les ombres étranges qui m'avaient précédé ?

Je fis quelques pas vers les profondeurs de la nuit. Le sol craqua sous mes pieds comme un très vieux parquet à moitié vermoulu dès qu'on le sollicite.

De peur de tomber dans un trou j'abaissai ma flamme. Mon sang se glaça. Je marchais sur des cercueils pourris. Il y en avait partout. Des centaines de cercueils pourris. L'immense crypte était dallée de cercueils.

Lentement mes yeux s'habituèrent à la pénombre du sépulcre, pas mon cœur.

J'allais dare-dare remonter chez les vivants quand le fabuleux visage de la jeune femme au rubis se dessina devant moi. Le chemin qui me mènerait à elle, je le sentais, ne passait que par là. La lumière de ce visage me donna la force de mettre, en tremblant, un pied devant l'autre.

La mort craqua sous moi, ébranlant tout l'arbre de mes nerfs. Un mur m'arrêta. Je le suivis un bon moment. Deux fois il tourna à angle droit.

Un souffle sur ma droite balaya mon visage et fit danser ma flamme. Je la déplaçai. Un passage s'ouvrait dans le mur. Guère plus haut que moi, voûté, il s'enfonçait en pente douce vers d'autres profondeurs. Je m'y engageai.

Cette galerie avait été creusée à travers la roche et le safre. Ses parois conservaient toutes les marques des outils que l'on avait utilisés.

La galerie tourna et déboucha soudain dans une espèce de caveau. Nouvelle vision hallucinante ! Une montagne d'os s'élevait jusqu'au plafond voûté. Des tonnes et des tonnes d'os humains : fémurs, tibias, crânes, débris de mains, dents… J'étais dans un authentique ossuaire.

D'où venaient tous ces morts ? Ces milliers de morts ?

Un chemin de terre contournait la montagne d'os, j'y aperçus des traces de pas. L'entrée d'un nouveau souterrain perçait le fond de l'ossuaire. Plus large, plus haut, celui-ci, et construit avec de vraies pierres de taille. Je le suivis sur une cinquantaine de mètres. D'anciennes portes ou passages semblaient avoir été murés, les pierres y étaient plus claires, plus modestes.

Ce souterrain me jeta dans une sorte d'égout abandonné. Un grand collecteur où beaucoup d'eau avait dû circuler, les murs étaient obscurcis de mousse jusqu'à mi-hauteur. Circulait-elle encore parfois ?

J'avais le choix entre la gauche et la droite. La flamme de mon cierge se pencha légèrement sur la droite. Je pris cela pour un signe, je le suivis.

À mesure que je progressais dans l'égout, ma flamme s'agita, se trémoussa. Brusquement elle se coucha deux ou trois fois, bondit et s'éteignit. La nuit fut totale. Un courant d'air plaquait sur moi chemise et pantalon, des doigts glacés se refermaient sur mon visage.

Je retirai en hâte les allumettes de ma poche, en fis craquer une, deux, trois ; toutes s'éteignaient aussitôt. Qu'y avait-il là, juste devant moi, qui appelait autant d'air ? Un puits ? Un gouffre ?

L'épouvante m'accroupit. Palpant d'une main la paroi du boyau, je m'éloignai à reculons, le dos trempé de sueur.

Si brutale, l'épouvante, que je dépassai sans m'en rendre compte l'entrée du souterrain qui m'avait conduit là. Je débouchai sur un nouveau couloir.

D'une main tremblante, je parvins à rallumer ma chandelle. Où étais-je ? Il m'avait d'abord semblé m'orienter vers le sud de la ville, sans doute parce que la première galerie descendait tout comme la rue Grande. Je me trouvais peut-être du côté de l'église Saint-Sauveur. J'avais tourné plusieurs fois sur moi-même, j'étais peut-être tout à fait à l'opposé, quelque part sous les fortifications de la porte Soubeyran.

Combien de mètres me séparaient de la surface de la ville ? Quinze ? Vingt ? Plus ? Il y avait les caves sur ma tête, les égouts modernes, et au-dessus, j'espérais, encore quelques êtres vivants.

J'avançais dans une autre ville secrète, un labyrinthe inconnu. Mains en avant je voyageais dans la cité des morts.

Je m'aperçus seulement alors que cette nouvelle galerie où je progressais était entièrement construite avec des blocs de marbre blanc. Ma minuscule flamme s'en redressa d'orgueil. Les murs étincelaient. Étais-je sous l'ancien palais du Terreau, abattu sous la Révolution ?

C'est alors que se dressa devant moi une porte extraordinaire. Une porte de bronze vert comme on en imagine sur les temples bouddhistes au milieu de la jungle. Elle était entrouverte.

Je n'introduisis que la moitié de ma tête et je fis bien. Ce que je vis derrière dépassa, si cela était encore possible, tout ce que j'avais vu depuis que j'errais sous terre.

Une trentaine de silhouettes humaines recouvertes de chasubles blanches et de cagoules bleues se recueillaient en cercle au milieu d'une forêt de calvaires. Une messe noire dans un cimetière souterrain ! Au pied de chaque croix brûlait une lampe à huile. Qui étaient ces hommes sans visage ?

Au centre du cercle, un squelette à qui il manquait un bras reposait sur un sarcophage de marbre sculpté. Était-ce celui dont m'avait parlé Nicole, le cercueil de la Vierge noire du temps des Sarrasins ?

Un homme parlait. Lequel ? Je ne pouvais déchiffrer aucune de ses paroles étouffées par le tissu. Parlait-il notre langue ? Était-ce celui qui tenait serré sur sa poitrine un bras humain en argent dans lequel se reflétaient les cent flammes des lampes à huile ?

Chaque chasuble était frappée d'une croix semblable à la croix de Malte mais qui n'en était pas une.

Si loufoque que cela puisse paraître dans la situation de danger où je me trouvais, il me sembla voir l'équipe de l'OM se concentrer en cercle avant un grand match sur la pelouse du Stade-Vélodrome. Sans doute ces deux couleurs, bleu et blanc, qui sont celles des joueurs marseillais.

Je n'eus pas le temps de traîner sur la pelouse. Je m'aperçus que les deux trous noirs de la cagoule de celui qui tenait contre lui le bras en argent étaient braqués sur moi. Venait-il de découvrir la moitié de ma tête qui dépassait ?

Glacé d'horreur, je me reculai, comme je venais de le faire devant le gouffre.

À cette seconde plus rien n'existait, le rubis, le visage de la jeune femme, mon fol amour pour elle. Rien ! Je devais fuir ! Fuir à toutes jambes ce cauchemar, ces monstrueuses catacombes. Sauver ma peau ! Sans me retourner, je fonçai au hasard de ce dédale. Je gravis plusieurs marches, en dévalai d'autres, traversai des salles, des réduits, des nefs, empruntai de nouveaux tunnels qui en croisaient d'autres. Ce labyrinthe était infini, infinie ma panique. Je ne pouvais que courir d'un quartier à l'autre de la nuit derrière l'œil jaune de mon cierge.

Soudain le sol craqua sous mes pas. Je reconnus le bruit. J'étais à nouveau dans la salle des cercueils pourris où j'avais commencé mon voyage. Je ne me souvenais pas être repassé par l'ossuaire, ni pas l'égout. L'escalier à vis était devant moi. Ouf ! J'y bondis.

Au moment où j'émergeai enfin dans l'église, mon crâne cogna contre quelque chose de dur. Je relevai les yeux. C'était le canon d'un gros revolver que serrait dans son poing l'homme qui m'avait surveillé l'après-midi. Il se tenait debout au bord du trou.

« Assez joué ! dit-il. Où est-il ?

— Qui ?

— Le rubis ! »

Il appelait ça jouer. Je venais de vieillir de dix ans ! J'aimais autant ce canon entre les deux yeux qu'être tout seul en bas avec les morts. Ce n'était tout de même pas le moment de finasser. J'avais la désagréable sensation que pour ces gens un squelette de plus ou de moins…

Son acolyte sortit de l'ombre et s'avança. Il tenait lui aussi un gros calibre dans la main.

« Chez moi ! fis-je. Chez moi ! »

D'un léger mouvement du revolver, celui qui semblait être le chef me fit signe de passer devant.

Je les précédai donc. On sortit par la petite porte qu'ils refermèrent à clé derrière eux. Décidément cette porte étroite était la plus empruntée de la ville. Les rues étaient désertes. Quelle heure pouvait-il bien être ? Je n'en avais pas la moindre idée. Je sortais d'un lieu où le temps n'existait pas.

Cette si jolie place de la mairie, je l'ai arpentée des milliers de fois en toutes saisons. Chacune a son charme ici, sous les jeunes feuilles d'avril ou un ciel déchiqueté d'orage. Pour la première fois je la traversais un canon planté dans les reins par une nuit sans heure.

« Méfie-toi des femmes trop belles », m'avait dit mon père. On n'écoute jamais assez ses parents.

C'est ainsi que je gravis mes quatre étages. De son vivant une telle chose ne serait jamais arrivée, c'était l'un des meilleurs fusils de la région. Nous entrâmes chez moi.

« Alors ? fit le plus grand.

— Alors… », répétai-je bêtement croyant gagner du temps.

De sa puissante main gauche il écrasa mes joues entre son pouce et ses quatre autres doigts.

« Alors ! » répéta-t-il. Et il introduisit dans ma bouche grande ouverte l'acier froid du canon.

« Là-haut », émis-je, désignant le ciel du doigt.

Il me libéra. Aucun dentiste ne m'avait fait aussi mal, même à l'armée. Je parvins non sans difficulté à faire jouer mes mâchoires.

« Je vais vous le donner, articulai-je, me massant les joues. Je l'ai caché sur le toit. Juste une question avant, d'où vient ce rubis ? »

Le regard de l'homme retrouva toute son inclémence. D'un nouveau signe de son revolver, il me fit comprendre que nous avions assez perdu de temps. Décidément, l'échange courtois de paroles n'était pas ce qui procurait à cet homme le plus de plaisir. C'est peut-être cela que l'on nomme un homme d'action.

Je grimpai sur le rebord de ma baignoire, de là sur le couvercle de ma machine à laver d'où j'ouvris la trappe. L'homme me retint par le pantalon.

« Je passe le premier ! » Puis se tournant vers son comparse : « Toi, tu ne bouges pas de là. »

Il me précéda. C'était un professionnel.

En deux tractions et deux rétablissements, nous fûmes sur le toit. Les tuiles étaient plus claires que tous les pans de la nuit illuminés seulement d'un cil de lune.

Je m'avançai vers la cheminée, dénouai le fil à pêche. Le petit paquet dans la main, je me retournai. L'homme était à un bon mètre, son revolver braqué sur moi. L'obscurité alourdissait la masse de sa détermination féroce.

À cette seconde je sus qu'il ne me laisserait pas vivre. J'avais tout vu, j'en savais trop, beaucoup trop sur leur société secrète. D'ailleurs, en faisait-il partie, lui, de cet ordre macabre ? Il n'était pas homme en tout cas à laisser la moindre trace, qu'il travaillât pour lui ou pour le pire des gourous.

Dans sa tête j'étais déjà mort. Autant tenter l'impossible.

« Regardez bien, dis-je, il va s'envoler à jamais. Personne ne le possédera. »

Et je fis le geste de lancer de toutes mes forces le rubis vers les profondeurs de la nuit. Seulement le geste.

La tête de l'homme suivit mon bras et la trajectoire imaginaire de la pierre. Durant une fraction de seconde il ne fut plus un professionnel. Une minuscule fraction de seconde, c'est tout ce que je possédais avant l'éternité.

Lorsque son regard revint sur moi il était trop tard. J'avais plongé.

Mon corps percuta le sien. Je m'écrasai sur le toit. Mes ongles s'agrippèrent aux tuiles, s'y arrachèrent. Mon ventre s'y incrusta.

En un éclair je vis l'homme dévaler la pente de la toiture, bouler et basculer dans le vide. Je crus entendre un choc mou quinze mètres plus bas sur le goudron de la place. Ce n'était peut-être que l'écho de la dernière aventure de mon cœur qui éclatait.

Mon sang cognait comme un sourd sur chacun de mes neurones. J'aurais pu les compter.

Un homme venait de mourir, de s'écraser en bas devant ma porte. J'imaginais la flaque de sang. C'est moi qui aurais dû y baigner, le crâne éclaté, en cette seconde.

Une averse de grêle s'abattit autour de moi. Non. C'étaient mes mains qui pianotaient hystériquement sur les tuiles et mes dents entre elles. Mon corps était un rideau de perles de verre qu'un courant d'air secoue.

J'aperçus à deux mètres de moi la petite boule claire que formaient les sacs Leclerc autour du rubis. Je l'avais lâchée en plongeant. Je rampai vers lui. Chaque millimètre carré de ma peau soudée à la terre cuite. Je le glissai dans ma poche.

Brusquement je me souvins de l'autre type, le complice, il attendait armé dans la salle de bains. Avait-il entendu le fracas de la lutte, la chute ? Sa voix au même instant me parvint, inquiète, sourde, insistante. Il avait entendu. Il montait.

« Tout va bien ! hurlai-je. Reste en bas ! »

Ma voix me donna le courage d'avancer à quatre pattes jusqu'à l'autre bout de la toiture d'où je sautai n'importe comment sur celle de

La Barbotine. Plusieurs tuiles explosèrent sous mon poids.

Il allait surgir et me tirer comme un pigeon. Je m'élançai mi-à genoux, mi-accroupi sur la crête de cette vague d'argile. Pour posséder ce rubis, cette bande d'assassins était prête à tout.

Mon pied glissa, je perdis l'équilibre, chutai, me rattrapai du bout des ongles qui me restaient au crépi d'une cheminée. Je repris ma course cassé en deux au-dessus des ténèbres, soufflant comme une forge.

Je me hissai grâce à une antenne de télé scellée dans le mur sur la toiture du Cheval volant, l'antiquaire. Il ne se doutait pas à quel point son enseigne était sublime à cette heure. De là je bondis sur la librairie qui est au même niveau que l'institut de beauté, enfin, quatre étages plus bas tout de même.

La difficulté s'atténua. Entre la boucherie et la boulangerie elle fut humaine. J'en sus gré aux ouvriers maçons de l'époque, XVIIIe sans doute.

En bas la rue tourna vers la petite épicerie arabe. Je fis comme elle, tout content d'avoir mis entre le deuxième tueur et moi quelques milliers de tuiles branlantes. Je ne m'étais pas retourné une seule fois.

Je franchis encore deux trois obstacles à la portée d'un homme comme moi que les sports, les uns après les autres, ont abandonné et m'effondrai derrière une robuste cheminée, trempé jusqu'aux os, le cœur gros comme un bœuf.

Ma cavalcade aurait dû réveiller toute la ville, eh bien non, elle dormait, comme dormaient les 668 bergers allemands dans les villas du Mont-d'Or, leurs pattes rabattues sur les yeux et les oreilles.

Sous la terre et dans le ciel, silence. Du silence et de la peur. Mais que m'arrivait-il ? J'avais rencontré la plus troublante des femmes, m'étais déchiré le ventre aux ronces de la passion, l'un des plus beaux rubis de la planète brillait dans ma poche, j'avais erré sous terre les mains en avant, buté contre un « ordre » au service de la mort, on avait voulu et voulait encore me supprimer, pour la première fois de ma vie je venais de tuer un homme. Le tout en trois jours.

Certainement qu'un séisme allait se produire, écroulant sur ma tête l'énorme cheminée où je m'adossais ; cette histoire ne se passait-elle pas au point le plus délicat de la faille de la moyenne Durance, dans une ville construite sur des centaines de galeries, de tunnels et d'égouts.

Quelque part dans le ciel le cil de lune s'envola et l'horizon s'empourpra au-dessus de l'étoile de fer de Moustiers-Sainte-Marie.

Un instant plus tard une orange de feu éclata sur le front noir des collines. Cette image me suffoqua. Je fermai les yeux. La même vision était sous mes paupières : le rubis sur le front de la Vierge noire !

Tel un ressort mon corps se détendit. Bon Dieu ! Je revis au millimètre le visage de la Vierge, son regard, son énigmatique sourire, et sur sa couronne de nacre et d'or une espèce de vide au milieu du front, une ombre. Bon Dieu de bon Dieu !

Nicole me renseignerait sans doute. Une ruelle à peine large d'un mètre cinquante me séparait du magnifique hôtel d'Herbès, qui abrite la bibliothèque et les archives. Je cherchai l'endroit le plus étranglé entre les génoises, me penchai un peu au-dessus du vide : douze bons mètres… Tant pis. En bas des hommes armés devaient m'attendre, me guetter.

Je pris mon élan et me jetai. À nouveau les tuiles hurlèrent sous ma chute. Je plaquai toute ma peau au toit de l'hôtel particulier.

À quatre pattes j'en fis le tour, découvris le Velux, y collai mon visage. Des siècles d'amour et de sang dormaient sous mon ventre.

Lentement le jour apaisa ma peur et remua la ville. Sur le périphérique les premières motos lacérèrent les ultimes rêves de la nuit qui transforment la sonnerie des réveils en cloches de Pâques ou en *Boléro* de Ravel. Les pies regagnèrent dans leur smoking les plus proches ginestes, permettant aux pigeons mauve et bleu de reprendre leur danse d'amour sur le marbre vert des fontaines.

À huit heures cinq les siècles s'illuminèrent. Je cognai à la vitre. Le visage de Nicole se dressa vers moi mais je n'entendis pas son cri. Double vitrage de qualité.

Elle grimpa sur une chaise, ouvrit.

« Toi ?… mais… »

Je sautai dans la soupente.

« Qui a les clés de la niche de la Vierge noire ? »

Ses yeux doublèrent de volume, j'en aperçus tout le blanc.

« Ça ne va pas ?… Tu es malade ?

— C'est plus grave que ça, c'est comme si j'étais mort. Vite, qui a les clés de la vitre blindée ? »

De plus en plus blanc.

« Mais… Lenormand, pourquoi ?

— Son numéro ?

— On a volé la Vierge ?

— Encore plus grave que ça !

— Appelle-le sur son portable… attends. »

Elle fouilla dans son sac, en tira un carnet, le feuilleta en tremblant.

« Appelle d'ici, il doit déjà courir aux quatre coins de la ville depuis six heures du matin. »

Elle me dicta le numéro. On répondit.

« Lenormand, j'écoute.

— Alors écoute bien, c'est moi.

— Je reconnais ta voix.

— Amène-toi le plus vite possible avec les clés de la Vierge et débrouille-toi pour être entouré d'une vingtaine de pompiers avec leurs haches.

— Y a le feu à Notre-Dame ? hurla-t-il.

— Ça pourrait être pire ! Dans vingt minutes là-bas avec les clés, les pompiers et les haches. Vous allez entrer dans l'Histoire.

— Mais… »

Ça allait devenir un tic, ce cri de brebis. Je raccrochai.

Nicole me prépara un café à réveiller cent loirs et prudemment je regagnai l'église par d'étroites ruelles plus jacobines les unes que les autres.

Une armée en marche ébranlait le quartier. Je les vis arriver du haut de la rue d'Aubette. J'étais dissimulé derrière un container Retrival.

Le Viking s'avançait une pioche dans la main, à la tête d'une bande de blousons noirs casqués d'argent et d'or, hache sur l'épaule.

« Alors ? lança-t-il, apercevant mes yeux au ras des poubelles. Quand je t'ai vu là j'ai cru qu'ils avaient encore foutu le feu aux bordilles !

« Ouvre vite ! lui dis-je. On entre dans la postérité, pas dans les ordures. »

Il ouvrit la porte du chœur, celle qu'empruntaient la nuit ces silhouettes sans visage pour descendre dans la cité des morts.

Il débrancha tous les systèmes d'alarme et déverrouilla la vitre blindée en m'insultant doucement dans sa barbe.

Je sortis le rubis de ma poche, me hissai jusqu'à la niche. Dubitatifs, les pompiers faisaient cercle. La lumière crue allumait vingt soleils sur leurs têtes de fer.

J'attrapai par le bras la Vierge noire et lui plantai au milieu du front la pierre rouge. Elle s'enchâssa dans un invisible chaton.

Dans ma poitrine le temps s'arrêta.

Je me retournai : vingt bouches de pompiers ouvertes jusqu'aux amygdales, plus celle du Viking.

« Elle n'a plus de prix, lui dis-je, la pierre est inestimable. Tu peux embaucher tout de suite sept mercenaires jour et nuit avec des kalachnikovs et tu en perdras quand même le sommeil.

— Il y a belle lurette que je l'ai perdu. Je viendrai moi-même la nuit avec le douze et le chien.

— Achète dès ce matin deux douzaines de pitbulls, tu te sentiras moins seul. Au royaume des morts, crois-moi, les nuits sont plus longues qu'à l'Hacienda un soir de strip-tease. »

Je sortis de Notre-Dame bien décidé à m'envoyer sous les platanes un petit déjeuner royal. Il n'était même pas neuf heures, mon cœur était léger.

Pas pour longtemps !

Elle était là. Assise à la place même où elle m'était apparue. Tellement plus belle qu'un rêve…

Son sourire m'invitait.

Je m'assis près d'elle.

« Merci, me dit-elle, j'étais persuadée que vous le feriez, vous mettez peut-être fin à mille ans de malédiction. La Vierge est noire, pas maléfique. »

J'étais abasourdi.

« Comment saviez-vous…

— On ne sait jamais vraiment, il faut se fier chaque jour à l'air que l'on respire, à la lumière des saisons. Les femmes, dit-on, possèdent cette intuition. Nous sommes en sympathie avec le monde.

— Et le rubis, où l'avez-vous… »

Son sourire devint protecteur. Il contenait une force !

« Vous regardez avec vos yeux seuls cette place, le café que vous allez boire. La vie est comme cette eau qui coule là-bas, personne ne pourra jamais l'arrêter. Il en est ainsi de la folie des hommes, de leur besoin de vengeance, parfois de haine. Aucune vitre blindée n'arrêtera cette folie, vous venez seulement de l'interrompre comme un barrage interrompt le cours de l'eau. Le rubis est une goutte de sang qui éclabousse l'éternité.

— Mais alors ?

— Alors… Ce qu'on fait par amour s'accomplit toujours par-delà le bien et le mal. Il faut faire confiance à l'amour ; la haine viendra bien assez tôt dévaster nos villes.

— Je ne demande pas mieux, lui dis-je. J'ai observé le rubis pendant toute une nuit, je pourrais vous regarder pendant mille ans de nuits… Je ne connais même pas votre prénom. »

Son sourire à cette seconde fut presque trop merveilleux pour ne pas être déjà cruel. Insoutenable. Il ne pouvait venir que d'ailleurs.

« Je m'appelle Virginie », me répondit-elle en se dressant.

Et elle disparut dans la ville.

Je vous ouvrirai
les yeux bandés

« La seule réalité est l'imagination. »

SADE

Le téléphone sonne. L'homme suit la progression d'une minuscule araignée jaune sur le pied en métal rouge de sa lampe de bureau. Il écrase l'araignée du bout de l'index et va décrocher.

Une voix de femme lui demande s'il est bien l'auteur de *Tramway* qu'elle a dévoré d'une seule traite avec passion la nuit précédente. Il n'est pas cet auteur chanceux que tente de joindre cette voix souple et chaude. Une voix de violoncelle, pense-t-il.

« Oui, dit-il, c'est moi, pourquoi ? »

La voix trébuche, perd de sa souplesse, reste très jeune.

« Eh bien… je voulais d'abord vous dire toute mon émotion et puis… comment vous expliquer… » Elle hésite quelques secondes puis récite sans respirer. « J'aimerais vous rencontrer, d'abord pour connaître un peu celui qui a écrit *Tramway* et peut-être, si vous avez le temps, vous lire l'une de mes nouvelles. Je ne sais pas du tout ce que ça vaut, j'ai un peu honte, cette nuit brusquement j'ai pensé à vous. Votre écriture est… si forte.

— Où habitez-vous ?

— Je suis élève infirmière à l'hôpital Nord, j'habite dans l'une des trois tours, la B.

— Je viendrai vous voir lundi soir vers 6 heures, quel étage ?

— Le dernier. Et la dernière porte au bout du couloir à droite, en sortant de l'ascenseur.

— Alors à lundi. Et relisez bien vos nouvelles, qu'elles ne soient pas moins belles que votre voix.

— Ah oui… », bredouille-t-elle.

L'homme retourne à son bureau. Il observe la petite saleté brune qu'est devenue l'araignée, une petite morve que les enfants collent n'importe où. Quelle voix attirante, se dit-il, fragile, émue. J'aurais dû lui donner rendez-vous aujourd'hui.

Je ne peux même pas rappeler, je n'ai ni nom ni numéro. Deux jours à attendre.

Il ne va à Marseille que le lundi. Il a envie de sauter dans sa voiture et foncer vers la jeune inconnue. Un écrivain ne ferait jamais cela.

Il descend chez le plus proche libraire acheter *Tramway*. Le roman n'est pas très épais, d'ici lundi il l'aura lu.

Il bute contre la barrière baissée de l'hôpital. La tête du gardien sort de la guérite.

« Je vais apporter un paquet à ma fille, à la tour B », crie-t-il.

La barrière se soulève.

Il a failli dire « ma sœur », mais depuis quelque temps des cheveux gris escaladent ses tempes.

Dernier étage, dernière porte. La tour est moins bien entretenue que la cité universitaire où il rejoignait une jeune fille certains soirs de ses vingt ans. Il a oublié son nom mais ces nuits aixoises entretiennent dans sa mémoire un parfum d'insouciance et de printemps. Lui n'a jamais été étudiant, plutôt un aventurier, un marginal.

À peine a-t-il frappé que la porte s'ouvre.

« Je vous ai entendu venir, dit-elle, depuis ce matin je tourne dans ma chambre, c'est la première fois de ma vie que je rencontre un écrivain. Vous n'imaginez pas l'état de mon cœur.

— Si, répond l'homme, je l'entends très bien. »

La bouche de la jeune étudiante s'arrondit. Il ne sait pas si elle cherche de l'air ou des mots. Elle est vêtue d'une longue robe noire fendue sur le côté, très moulante et peut-être chinoise. Ses pieds sont nus. Aussi sombres que le tissu, ses cheveux coupés au carré mettent en valeur un visage et un cou très délicats. A-t-elle vingt ans ?

« Je suis confuse, c'est si petit. Tenez, asseyez-vous sur mon divan, je n'ai qu'un fauteuil. »

Ce qu'elle appelle son divan est un lit à une place. Il est surpris par le décor de la chambre. Les murs sont tapissés d'affiches à la gloire de Staline et du travail. Des hommes et des femmes aux muscles fabuleux s'arc-boutent sous des forêts de drapeaux rouges. Il se demande si elle est communiste ou aime tout simplement les muscles et les moustaches. Aux quatre coins de la pièce des cierges sont plantés sur des crânes humains. Ils écoutent une musique gothique.

Elle sert deux grands verres de pastis et lui en tend un.

« Je n'ai que ça, dit-elle, je suis désolée, pas de glaçons.

— Je ne bois que ça depuis que je suis né, matin, midi et soir, et surtout pas de glaçons, je suis un gros frileux. »

Elle éclate de rire.

« Je vous imaginais exactement comme ça, vous ressemblez à *Tramway.* »

Elle s'installe dans le fauteuil metteur en scène devant son bureau, attrape une épaisse liasse de feuillets.

« Ce sont mes nouvelles, je ne sais pas du tout laquelle vous lire.

— Lisez-moi votre préférée, celle qui vous secoue le plus. »

Elle les fait glisser sous ses doigts, hésite.

« Je les aime toutes mais j'ai honte, c'est peut-être nul… Je vais essayer celle-ci. »

Elle lit.

« C'est l'histoire d'une femme qui donne rendez-vous à un homme qu'elle connaît peu.

Dès que celui-ci est dans sa chambre, avant même de l'embrasser, elle le déshabille lentement, chemise, chaussures, pantalon, bouton après bouton ses doigts découvrent chaque centimètre de peau. Quand il est entièrement nu elle le fait asseoir sur un fauteuil et lui lie solidement chevilles et poignets. L'homme sourit. Elle lui bande les yeux. Du bout des ongles, très légèrement, elle parcourt tout son corps. Puis du bout des lèvres elle effleure son cou, sa nuque, ses seins. Elle se courbe vers son ventre et s'agenouille entre ses cuisses, regarde un instant la verge longue et cambrée, la prend dans sa bouche. »

Souffle coupé, le faux écrivain écoute. La voix de l'élève infirmière n'hésite plus, elle puise dans l'histoire son assurance, sa sensualité.

À mesure qu'elle lit sa robe s'ouvre et coule de chaque côté de ses genoux croisés. Les deux pans de tissu glissent sur les jambes lisses. L'homme est ébloui.

Lentement la robe fuit, dévoilant toute la longueur de la cuisse, jusqu'au pli de l'aine.

Brusquement la bouche de l'homme se dessèche. Il écoute et il voit. Il aperçoit sur la hanche la fine dentelle d'une culotte. Un trait sur la chair qui n'est plus dorée mais pâle. C'est là qu'il aimerait mordre, lécher, déchirer à belles dents cette petite fumée de soie.

Il ne sait plus où il en est du développement si brutal de la nouvelle et de cette jeune femme qui lit les cuisses nues jusqu'au ventre. S'est-elle aperçue de sa position provocante ? Est-elle entièrement à sa lecture ?

D'un ton égal elle poursuit :

« La femme à genoux reçoit dans la bouche, avec violence, toute la jouissance de l'homme. Elle ne se retire pas, au contraire. Le flot noir de sa chevelure bascule en avant, se répand sur les cuisses musclées.

« Alors lentement elle se relève, contourne l'homme, prend sur son bureau un rasoir au manche de nacre, l'ouvre et d'un mouvement du poignet très sûr tranche la gorge de l'homme extasié d'une oreille à l'autre. »

La jeune infirmière pose près d'elle les feuilles. Elle fixe l'homme gravement.

« Alors ? »

Lui ne reconnaît pas le regard timide et troublé de celle qui un instant plus tôt ouvrait la porte. Il dit :

« Je reprendrais bien un pastis. »

Elle se dresse, remplit les verres. Il boit le sien d'un trait.

« Qu'en pensez-vous ? insiste-t-elle.

— Pour une fois j'aurais volontiers mis quelques glaçons. »

Il se lève à son tour pour s'en servir un troisième. C'est en saisissant la bouteille sur le bureau qu'il voit le rasoir au manche de nacre au milieu des feuilles et des stylos. Son sang se glace d'horreur.

« Il faut que j'y aille, dit-il, j'ai rendez-vous chez le dentiste. Je reviendrai vous voir.

— Quand ? prononce-t-elle, désappointée.

— Lorsque vous aurez vous-même un bandeau sur les yeux, lance-t-il, se dirigeant vers la porte.

— D'accord. Revenez lundi prochain, je vous ouvrirai les yeux bandés. »

Durant toute la semaine il ne parvient pas à fixer son attention sur les gestes simples de sa vie. Il lave trois fois la même assiette, oublie de nourrir son poisson rouge, ne comprend pas l'article le plus bref qu'il tente de lire dans le journal local.

Il ne voit même pas les femmes qui le frôlent dans la rue, sur qui il se retournerait un instant s'il n'avait dans les yeux, jour et nuit, le corps et la voix de cette élève infirmière plus qu'étrange. Inquiétante, pense-t-il. Le rasoir non plus ne quitte pas ses yeux. Il le voit aussi précisément que la beauté si lisse des cuisses et le pli suffocant où naît le ventre.

Il a voulu se faire passer pour un écrivain afin d'approcher cette voix si jeune, peut-être d'en profiter. Est-il l'imposteur ou a-t-il affaire à une jeune femme beaucoup plus perfide et malicieuse que lui, qui sait depuis le début qu'il n'est pas l'auteur de *Tramway* et qui a minutieusement construit cette mise en scène perverse ?

Ce seul mot fouette son ventre et il n'a plus qu'un but dans la vie : lundi six heures.

Qu'importe qui des deux manipule l'autre, une obsession l'envahit, déchirer d'un coup la robe noire et parcourir avec sa langue l'intérieur tendre des cuisses et le ventre. « Je vous ouvrirai les yeux bandés… » Cette phrase perfore sa tête comme un train déchire la nuit.

Il est dans l'ascenseur. Tout son corps est moite. Malgré la douche très longue qu'il a prise une heure plus tôt, il sait qu'il sent déjà la sueur. La sueur d'un homme que quelque chose de grave attend. Il sait aussi qu'il ne pourra parler tant le désir anxieux étreint sa gorge. Depuis qu'il a retrouvé l'odeur de la tour, son sexe déforme son pantalon d'été.

Il frappe. La porte s'ouvre.

Elle est là, découpée par le contre-jour de la pièce. Telle qu'il l'a imaginée depuis une semaine, chaque minute du jour et de la nuit. Un ruban noir l'aveugle. Un jet de feu transperce les reins de l'homme.

Elle est vêtue d'une robe en soie coquelicot, boutonnée devant sur toute la longueur. Ses pieds sont nus.

Il ne prononce pas un mot. Même pas bonjour. Il la pousse à l'intérieur, referme la porte derrière lui.

En faisant sauter le premier bouton il reconnaît la musique gothique. Il écarte sèchement les deux pans du tissu. Deux petits seins aigus bondissent comme la lumière.

Suffoquée, la jeune femme avale un cri. Il tire plus violemment. Tous les autres boutons sautent. Il les sent frapper sa jambe à travers le pantalon.

Il ne voit que le pubis obscur, rasé en triangle très étroit. Il le reçoit comme une pointe de silex. La robe glisse et tombe. Il saisit le bras de la femme et la retourne avec rudesse. Un autre jet de flammes le traverse : elle est tatouée des épaules aux fesses. Toute la longueur de son dos est noir et bleu. Un lynx le fixe, surmonté d'un loup qui hurle à la lune. Elle s'est fait graver pour la vie la bestialité qui l'habite. Elle est sauvage et belle. Cruellement belle !

Sans ménagement l'homme la conduit vers l'unique fauteuil, la contraint à s'asseoir. Il tire de sa poche les quatre lacets de cuir qu'il a apportés et, comme dans la nouvelle qu'elle lui a lue, il attache étroitement poignets puis chevilles jusqu'à la blesser.

Il observe un instant la splendeur de ce corps sans yeux et commence à le lécher. Cuisses, ventre, seins. Sa langue goûte tout, mouille tout. Quand il ne peut s'en empêcher ses dents laissent une trace là où la chair est la plus tendre, la plus affolante.

La bouche de l'élève infirmière est grande ouverte. Sa respiration est de plus en plus courte, bruyante. Ses seins dansent.

Il s'agenouille. Sa main s'insère entre les cuisses blondes. Il les écarte, approche la pointe dure de sa langue du triangle noir. La jeune femme sans regard tend son ventre aussi loin qu'elle peut. Elle ne sent plus la morsure du cuir. Une plainte longue monte de sa poitrine. Bientôt elle pousse des petits cris féroces.

Alors l'homme se dresse, passe derrière elle. Il prend sur le bureau le rasoir au manche de nacre, l'ouvre et appuie la lame étincelante sur le cou pâle, tellement gracile.

Les gémissements de plaisir sont d'un coup anéantis par une terreur immense. La jeune femme hurle et tire sur tous ses liens.

Il referme le rasoir, le pose et sans un mot sort, laissant la porte entrouverte.

Il ne prend pas l'ascenseur, il emprunte l'escalier. Il veut savoir si elle appelle. Il lui semble que la tour est habitée par une femme trop splendide pour ne pas être attachée.

Il tend l'oreille. Il n'entend aucun cri, aucune plainte. Le silence est si vaste qu'il a la sensation d'avoir tout inventé, cette femme, ces liens, cette folie… Lentement il quitte une tour qui n'a jamais existé.

En traversant le jardin de l'hôpital il regarde ses mains, elles tremblent.

Le lendemain matin il s'habille et descend boire son café au bistrot de la place. Comme chaque jour il prend le journal sur une table. En haut de la première page il lit en grosses lettres :

« UNE JEUNE INFIRMIÈRE
RETROUVÉE ATTACHÉE
ET ÉGORGÉE
DANS SA CHAMBRE »

Dans trois heures
je verrai le diable

« Dans chaque rue il y a un inconnu qui rêve d'être quelqu'un, c'est un homme seul, oublié, qui cherche désespérément à prouver qu'il existe. »

TAXI DRIVER

Depuis un moment la route danse entre les chênes verts, les pins et quelques petits labours où dort encore la brume. Soudain les collines basculent du côté de l'aube et le ciel embrase sur ma gauche de hautes falaises pourpres. En bas, au creux d'une vallée pas plus large qu'un bol, j'aperçois le village ; entre deux vignes rouges, l'or se pose sur chaque maison. C'est là que je vais. Après deux virages qui sont un chef-d'œuvre de volupté un panneau annonce « La Bastidonne ».

Je gare ma voiture devant l'épicerie du village, je fais quelques pas pour dégourdir mes jambes et, les mains derrière la tête, le visage tourné vers le ciel, je laisse entrer en moi toute la paix du monde.

Quelques personnes sortent de l'épicerie, un litre de lait ou des enfants à la main. On me sourit. Quel jour sommes-nous ? Je n'en sais rien. Il n'y a ni heure ni date pour entrer au paradis. Je vois deux rues et demie, une église et un lavoir. En cinq minutes j'ai fait le tour du paradis. Les fenêtres sont grandes ouvertes, on entend des voix dans les maisons, pas une dispute, pas un cri, la petite musique du café qui passe dans le filtre heureux des jours.

Il fait une douceur extraordinaire. Un mois d'octobre comme on en a tous les dix ans. L'arôme du café me tire par les narines d'un porche à l'autre. Je m'en enverrais bien un petit mais je n'ai pas vu de bistrot. L'église flambe sous la vigne vierge. Et dire que je suis venu ici pour rencontrer le diable…

Je vais jusqu'au bout du village ; quand je longe un mur je me mets sur la pointe des pieds, partout des petits vergers, des balcons soutenus par des roses et des tomates presque aussi grosses que des courges. Pourquoi le monde entier ne vient-il pas vivre ici ?

Je tombe sur le stade. Vingt minots courent en hurlant derrière un ballon. Autant de garçons que de filles. Je les regarde un moment en souriant. J'ai sous les yeux tous les jeudis et les dimanches de mon enfance.

Ils me font signe de venir, il en manque un dans une équipe. Je n'ai pas les chaussures pour mais comment résister, c'est de la belle terre ocre de Roussillon.

Au bout de cinq minutes j'ai dix ans. Je cours comme un dératé, je gueule, réclame la balle, j'en dribble un, deux, trois, et je m'étale comme une crêpe à deux mètres des buts. Pliés en deux, ils hurlent de rire. Je me relève et repars de plus belle. Le match prend une autre tournure, s'enflamme, tout le monde veut me passer ou m'enlever le ballon. Encore cinq minutes et j'ai le cœur dans la bouche. Je remonte tout le stade balle au bout du pied et, au moment de transpercer les filets, je m'étale à nouveau de toute ma longueur. Mes jambes n'ont plus dix ans.

Ils m'entourent, m'encouragent, m'époussettent. Nous avons perdu mais je vois dans leurs yeux que je suis le roi du stade. On va s'asseoir un peu plus loin. Ils voudraient tous jouer à l'OM, même les filles. Ils me demandent si je vais au Stade-Vélodrome. Je réponds que oui. Dans quel virage ? Tribune Jean-Bouin. Ils me regardent alors comme un monsieur.

« Avec les stars ? Qu'est-ce que tu fais comme métier ?

— J'écris des livres. »

Ils sont bouche bée. Ils ne me voyaient pas comme ça.

« Des livres qui font peur ?

— Des livres d'amour et des livres d'horreur. »

Ils éclatent de rire. C'est le mot amour.

Je leur explique que je suis justement venu ici pour écrire un roman. Je vais m'installer quelques jours dans leur village et je vais ouvrir les yeux. Un roman policier avec un mystère très noir, des poils qui se dressent et des gouttes de sang. Plus personne ne rit.

« C'est Lucas qui a vu l'homme dans le cimetière, me dit une petite fille brune qui a dans les yeux toute la malice du monde.

— Quel homme ?

— Ils jouaient à cache-cache et Lucas par-dessus le mur a vu un homme qui ouvrait une tombe et qui entrait dedans. Vous voulez voir ? »

Nous voilà partis. Le cimetière est à deux pas ; ici tout est à deux pas. Le portail grince, c'est normal, nous entrons.

La petite fille mène le bal, elle s'appelle Carla. On s'arrête devant un caveau et elle chuchote : c'est là. Je regarde à travers la grille. Le caveau semble abandonné, des feuilles mortes, de la poussière, aucune fleur. Je scrute le moindre recoin, ni nom ni famille. Un caveau sans nom…

« L'homme n'est jamais ressorti ?

— Jamais, Lucas est resté jusqu'à la nuit derrière le mur. Il doit y avoir un souterrain.

— Vous n'avez pas vérifié ?

— On n'a pas le droit de venir ici.

— Et aujourd'hui ?

— Vous êtes avec nous, on ne risque rien. »

Je m'empresse de déguerpir avec la troupe avant que les parents nous surprennent. Je suis déjà allé un peu loin.

Je demande alors à Carla si elle connaît M. Mérindol, chez qui je dois dormir. Si elle le connaît ! C'est le monsieur qui joue du piano toute la journée. Il vient chercher son pain le matin et il s'installe jusqu'au soir devant son piano. C'est la dernière maison du village, là-bas sous les falaises rouges. Je remercie Carla et je quitte les enfants.

« Vous reviendrez jouer au foot ?

— Tous les jours ! »

Ils hurlent de joie.

Je démarre et tout de suite je suis au bout du chemin. C'est une petite maison sous les feuilles avec des volets verts. Dès que je sors de la voiture j'entends le piano. C'est bien là. Je m'approche et, les mains en visière, à travers une baie vitrée, je l'aperçois. Il me tourne le dos, assis devant un magnifique piano noir. Je toque à la vitre. Il se retourne et vient m'ouvrir.

« Je vous attendais, François m'a prévenu. »

François c'est mon éditeur. Il déniche toujours des combines pour éviter de payer l'hôtel à ses auteurs. C'est lui qui m'envoie dans ce village pour écrire une nouvelle noire, sans débourser un sou. Je lui demande ce qu'il jouait.

« Un mouvement de concerto de Mozart. Oh, c'est loin d'être au point. Venez, je commençais à avoir envie d'un café. »

Il ne peut pas me faire plus plaisir. On s'installe dans la cuisine, il sort deux bols, des canistrellis et on fait la causette.

Il me dit que je peux rester chez lui autant que je voudrai, il a une petite chambre indépendante au bout de la maison. Depuis que les enfants sont partis il est seul. Il remplit les bols et me demande :

« Qu'est-ce que c'est au juste le roman noir ?

— Comment vous expliquer… C'est un moment de liberté. Un peu comme un rêve. Vous fermez les paupières et rideau ! Vous êtes chez vous, dans votre petit théâtre d'ombres. Plus personne pour interdire quoi que ce soit. Vous pouvez faire l'amour avec la plus belle femme du monde et étrangler en souriant ceux qui vous barrent le chemin. Un théâtre mystérieux où l'on approche tous les petits monstres qui nous habitent sans que nous le sachions et qui sont en quelque sorte profondément humains, profondément nous-mêmes.

— C'est intéressant… Je ne me souviens pas de mes rêves.

— C'est pour ça qu'il faut lire des romans noirs.

— Vous m'en conseillerez deux ou trois ?

— Ses rêves on les choisit soi-même. »

Ça le laisse rêveur. Il reverse du café.

« Vous avez une idée de ce que vous allez écrire ?

— Pas du tout. Je vais flairer dans les coins d'ombre, fouiller un peu dans la tête des gens. Il y a toujours un beau crime ou une étrange disparition derrière les fagots.

— Pas ici. Il ne se passe jamais rien. Il y a vingt ans que je suis ici, personne ne ferme sa porte.

— C'est embêtant pour ce que j'ai à écrire, je préférerais qu'ils la ferment à double tour… C'est dans les ténèbres qu'on ouvre grands les yeux. »

Je lui dis que je vais aller un peu rôder dans les parages et je pars à pied. Le soleil est haut maintenant, presque chaud. La campagne est dorée de feuilles mortes. De chaque côté de la route on aperçoit à travers le feuillage de coquettes maisons éclairées de fleurs rouges et jaunes. Je longe des haies de cognassiers qui embaument. Je mangerais volontiers une bonne portion de pâte de coings préparée par ma mère.

Le village est un peu plus animé que lorsque je suis arrivé ce matin. Le cantonnier fait tinter sa pelle. Des roses trémières tendent leur cou par-dessus le mur des jardins pour voir ce qui se passe dans la rue.

Une délicieuse odeur de lardons en train de dorer m'attire vers une fenêtre grande ouverte. Deux femmes cuisinent, l'une est assise, l'autre debout. Elles me sourient. Celle qui est assise coupe sur une planche en tranches très fines une masse sombre qui ressemble à du foie, puis très soigneusement elle roule ces tranches sur elles-mêmes. Celle qui est debout touille quelque chose dans un poêlon rouge. C'est de là que sort la fabuleuse odeur de lardons. Elles voient mon regard, la dilatation de mes narines, et elles éclatent de rire.

« Vous voulez un café ?

— Et comment ! »

Elles me le servent en riant sur le rebord de la fenêtre.

« Qu'est-ce que c'est ?

— Des fausses grives.

— Pourquoi fausses ?

— Parce que c'est du foie pardi !

— Je n'ai jamais rien senti d'aussi bon.

— Attendez encore un petit moment et vous allez sentir aussi l'ail et le genièvre. Vous croyez qu'on rigole, nous, dans ce village ! »

Elles se tordent de plus belle. Celle qui est debout a une poitrine que je mordrais volontiers, puissante, dure et sauteuse sous le coton. C'est sans doute l'odeur des lardons qui dorent doucement. Fausses grives mais vrais tétons ! Je ferais mieux d'abandonner le roman noir et de venir vivre dans un pays si généreux. Il est là le rêve, sous mes yeux.

Elles me disent de revenir dans une heure, elles m'en feront goûter deux ou trois sur les roustidos passées au four.

Je flâne un peu à droite, un peu à gauche sans m'éloigner trop des lardons. Quelle idée de venir écrire une nouvelle policière dans un endroit pareil. Encore une idée de François, il met du noir partout. Depuis qu'il a créé sa collection je me demande si un seul journaliste en a parlé, *Du noir dans la neige*, *Du noir dans les moules*, *Du noir dans le roquefort*, *Du noir dans la sardine*, *Du noir dans le cirage*. Ici au cœur du Vaucluse c'est *Le Noir dans la truffe*. Où que je regarde je ne vois que le roux de l'automne, un ciel de soie et les passages secrets de la béatitude. Ni truffe ni noir. Il faudrait avoir l'imagination bien tordue pour ne pas se contenter de ces jardins de contes de fées, de ces lardons et de ces poitrines à faire danser le be-bop à un évêque.

Et chaque fois je retombe devant la petite église romane qui flambe sous sa vigne vierge.

Je baisse les yeux et j'aperçois entre mes pieds une bille en verre. Je la ramasse et la laisse scintiller au creux de ma main, elle est blanc et bleu, c'est une « marseillaise ». Je la fais rouler un moment entre mes doigts, si douce, et je la fourre dans ma poche, cette pépite d'enfance.

Je reviens vers les fausses grives et je m'en mets jusqu'aux oreilles les yeux fermés. Les vraies peuvent se rhabiller. Là-dessus elles me servent deux doigts de poire et je leur dis pourquoi je suis ici. Elles le savent. Tout le village le sait. Elles pourraient peut-être m'aider, comme l'ont fait les enfants ce matin, à dénicher un début de souterrain qui mènerait vers quelque crime, excès ou perversion.

Non, elles ne voient pas, du plus loin qu'elles se souviennent La Bastidonne fut un territoire d'insouciance et de paix. Le sang n'a jamais coulé entre ces quelques façades blondes. Je dis que c'est impossible, les hommes sont ici aussi faibles qu'ailleurs. Elles se regardent, les mains ouvertes.

Décidément non, à part quelques plants de cannabis qu'on avait trouvés dans le jardin du presbytère ou ce vieux qui ramenait chez lui tout ce qui lui tombait sous la main, un sécateur, un paillasson, un râteau, deux pinces à linge et leur culotte. Voilà ce que j'ai à me mettre sous la dent, un curé qui se roule un joint de temps en temps et un vieux cleptomane. Pas l'ombre d'un crime. Pauvre François, ce n'est pas demain que nous recevrons le Goncourt de la nouvelle noire. Quant à ses idées, elles risquent de le rester longtemps.

Je remercie la troublante poitrine et sa sœur de poêlon et je rentre chez moi, sous les falaises rouges. Qui a dit : « Quand je regarde une poitrine de femme, je vois double » ? Il avait raison, je me secoue les yeux.

Mon hôte est encore installé devant son piano noir. Je ne reconnais pas Mozart. C'est normal, me dit-il, je m'expliquais avec Rachmaninov. Dehors les ombres s'allongent. Il allume un feu dans la cheminée du salon avec des branches d'abricotier et nous nous installons les pieds au bord des flammes. Nous laissons la nuit lentement entrer à pas de loup dans la maison.

Il me demande si je vis seul. Pas tout à fait, j'ai mon amoureuse du dimanche. C'est l'heure mélancolique des confidences. Lui aussi est éperdument amoureux d'une femme qu'il attend parfois des semaines en jouant du piano et en chantant dans une chorale, il a une voix de basse. Elle vend de l'or et des pierres précieuses au bord d'un lac. Un beau soir, en plein mouvement de Bach ou de Mozart elle entre et s'appuie sur le piano. Elle est blonde, très belle, mystérieuse. Elle reste avec lui deux ou trois jours puis elle repart vendre de l'or au bord du lac.

Pendant des heures il me parle d'elle dans les flammes qui dansent, je finis par la voir. Elle est belle comme un rêve que j'ai fait il y a longtemps. Lorsque le feu s'éteint j'en suis moi aussi amoureux, je ne le lui dis pas. On va se coucher et je m'endors au bord d'un lac, dans l'or et les pierres précieuses.

Le lendemain matin je retrouve les mêmes enfants sur le stade, je tape avec eux dans le ballon le temps de m'étaler deux fois, de les faire rugir de rire et Carla me dit :

« On voudrait vous amener à la chapelle, si vous écrivez une histoire qui fait peur... C'est l'endroit le plus beau et ça fait peur.

— Aussi peur que la tombe dans le cimetière ?

— Encore plus ! C'est au milieu des bois.

— Loin ?

— Là-haut, sur la falaise. »

Ma foi, je n'ai rien d'autre à faire, je les suis.

Nous traversons le village et nous entrons dans la forêt. Je suis comme Robin des bois au milieu d'une troupe joyeuse. Nous suivons d'abord un chemin souple et humide qui serpente entre des buis, de la bruyère et des genévriers. L'odeur du champignon est sous chaque taillis. J'irais bien gratter un peu les feuilles mortes autour des bosquets de pins, je suis sûr qu'on doit trouver des sanguins sains comme l'œil. Toutes les nuits ont été douces, ils ne doivent pas être véreux.

Très vite le chemin devient accidenté, très raide. Nous nous élevons le long de la falaise, le village est juste dessous, comme une grosse tortue de tuiles roses. Maintenant on ne sent plus le champignon mais la roche et l'oiseau de proie.

Enfin on débouche sur un petit plateau de chênes verts. La chapelle est là, au bord du vide. Au loin on voit étinceler la Sainte-Victoire et sur la droite les Alpilles, à nos pieds la magnifique vallée de la Durance. Je ne sais pas encore si ça fait peur mais c'est beau. Même les enfants se taisent et regardent. C'est grand et bleu.

Nous sommes plus dans une ruine que dans une chapelle. Il ne reste qu'un ou deux murs et un désir de voûte, quelques carreaux de terre cuite sur la terre battue. Seul l'autel de pierre est intact dans l'abside.

Comme des pèlerins les arbres entrent dans la chapelle et les flèches du soleil à travers le feuillage allument des buissons de cuivre.

Je demande à Carla comment ça s'appelle ici.

« C'est la chapelle Saint-Julien. »

Comme au cimetière elle chuchote et ses yeux sont très graves. Un petit garçon s'approche de moi et me dit :

« Regardez, monsieur, ce que j'ai trouvé. »

Il me tend une bille blanc et bleu, une « marseillaise ». Je prends dans ma poche celle que j'ai trouvée la veille devant l'église. Exactement les mêmes. Je n'en reviens pas.

« Tu l'as trouvée où ?

— Là, sur la pierre. »

Il me montre l'autel.

Ils ont senti l'étrangeté de la chose, ils font cercle autour de moi. Pour ne pas les inquiéter je leur dis :

« Ce sont des sœurs jumelles qui viennent de se retrouver, regardez comme elles sont heureuses. »

Ils se penchent sur ma main.

Pendant deux ou trois jours les vacances continuent. Je vais en profiter puis je ferai ma valise, pourquoi mettre à tout prix du noir là où il n'y a que lumière. Je me laisse inviter, dorloter, je ris avec les enfants, tape dans le ballon, me penche sur chaque fleur, emprunte quelques chemins qui vont vers une ferme, trois érables ou une vache rousse. Le soir je me chauffe les pieds en écoutant M. Mérindol jouer du Mozart et je rêve avec lui à cette femme si belle qui vend de l'or au bord d'un lac.

Et si elle n'existait pas ? Si elle n'était qu'un rêve ? Le rêve d'un pianiste qui attend. Et tout le reste autour, ce petit village de La Bastidonne, ces fenêtres grandes ouvertes, cette gentillesse, ces belles poitrines presque offertes avec le café, ces maisons de poupée recouvertes de roses, cette générosité partout de la nature et de l'âme ? Si toute cette bonté n'était qu'apparence, illusion ? Et si tout cela était faux ? Carton-pâte ? Décor de carton-pâte, sourires de carton-pâte, générosité de carton-pâte ? Aussi bon et faux que les grives. Un village aussi lisse qu'un galet. La mariée serait-elle trop belle ? Trop belle pour être vraie ? « Le merle blanc existe. Il est si blanc qu'on ne peut pas le voir. Le merle noir n'est que son ombre. » Je pose ma tête sur cet aphorisme de Jules Renard et je m'endors.

Vers le milieu de la nuit le tonnerre fracasse la maison et les éclairs illuminent ma chambre. La lune est en train de changer.

Le matin j'ouvre mes volets sur un jardin de cristal. Le ciel est froid et bleu, chaque fleur est en verre. Le soleil et le mistral déchirent dans les vallons d'étincelantes rivières de brume.

Je prends une bonne douche, enfile mes vêtements, ajoute un pull en me disant que je trouverai bien quelqu'un pour m'offrir le café au village. Mérindol dort encore à l'autre bout de la maison, dans le parfum de la dame du lac.

Je vois un fourgon de gendarmerie garé devant la mairie. Tout autour des petits groupes d'hommes et de femmes discutent gravement. Je m'approche et on me dit qu'on a trouvé un bras devant la porte de l'église.

Un bras ?

Un bras d'homme coupé au niveau de l'épaule. C'est Sylvie la bibliothécaire qui a failli marcher dessus en sortant de chez elle. Le jour se levait, elle a cru que c'était un énorme serpent.

Je suis sans voix.

Tous les regards sont braqués sur la mairie. Les gendarmes sont à l'intérieur. L'inquiétude a fermé les visages.

Je demande si on sait à qui appartient ce bras. Ils n'en ont aucune idée. Le bras est dans la mairie.

Durant toute la matinée des gens se garent et viennent grossir les groupes. Beaucoup de paysans, des hommes de la ville aussi, des journalistes, peut-être des policiers en civil. On attend le maire.

On attend et on parle. On parle pour écarter la peur ou pour se faire encore plus peur. On parle d'une certaine Geneviève de Cabrières-d'Aigues retrouvée dans les bois lardée de coups de rasoir. De Pierre Javelle de Grambois, la tête et les parties génitales écrasées avec des pierres. Des sœurs Guigues pendues ensemble et nues devant le château de La Tour-d'Aigues. De Lucienne Ferreri, disparue à Lauris alors qu'elle cherchait des truffes. Et de tout ce sang qu'on avait trouvé dans les vignes à Beaumont-de-Pertuis, ce sang humain sur les grappes, les feuilles, sur des dizaines de pieds, sans que l'on découvre le moindre cadavre…

Les monstres entrent dans La Bastidonne par toutes les portes et poternes de l'aurore et du couchant.

Je pars faire un tour dans le village. Les ruelles sont désertes, toutes les fenêtres fermées, parfois les volets. Le mistral fait siffler la place du Barri et le stade est vide. Où sont les enfants ?

Quand je reviens la foule s'est épaissie et une rumeur la parcourt qui n'était pas là tout à l'heure.

Je m'approche des trois institutrices debout devant le portail de l'école. Elles semblent effarées. L'une d'elles, enceinte de six ou sept mois, tient son ventre à deux mains comme si on allait le lui voler. Hier je les trouvais jolies, aujourd'hui elles sont grises.

Elles m'apprennent en bredouillant qu'un chasseur vient de trouver une jambe coupée dans la chapelle Saint-Julien.

« Là-haut, sur la falaise ?

— C'est effroyable, il paraît qu'elle était posée sur l'autel. »

Brusquement un fer rouge me traverse la cuisse. J'ai encore les deux billes dans ma poche, celle de l'église et celle de la chapelle. Mon sang se glace d'un coup.

Les institutrices me regardent drôlement. Ou plutôt elles ne me regardent pas, elles évitent mes yeux. À partir de cette seconde j'ai la sensation que tout le village me regarde drôlement. Je n'en mène pas large.

J'essaie de réfléchir mais mon cerveau brûle. Hier ces gens étaient si gentils avec moi, toutes leurs portes m'étaient grandes ouvertes. Aujourd'hui je me sens coupable. Coupable de quoi ? Coupable peut-être d'avoir introduit le crime dans la tête de ces gens, dans ces rues, ces jardins, d'avoir libéré des puissances irrationnelles, d'avoir transformé ce village si paisible en chaudron de sorcière.

Il me semble que les billes grossissent dans ma poche, leur morsure devient intolérable. Malgré le mistral je suis trempé de sueur de la tête aux pieds.

Et si réellement par toutes mes questions je venais d'ouvrir des souterrains ? Des souterrains où rôdent des forces obscures, la jalousie, l'orgueil, le désespoir, l'ambition, la cruauté, le goût du sang… Je viens d'ouvrir la boîte de Pandore et les puissances du mal jaillissent, noires, dangereuses, horribles.

Seuls les enfants le premier jour m'avaient parlé de souterrains, là-bas, dans le petit cimetière que j'aperçois entre les maisons, devant la tombe sans nom…

Je suis paralysé. J'essaie de trouver la force d'aller vers eux. Je ne peux même pas traverser la rue. Où sont passés la générosité, la beauté, l'équilibre et la douceur de chaque instant sur chaque chose ?

Est-il possible que toute cette épouvante soit sortie de moi, de ma volonté de leur montrer les ténèbres ? Cette foule amassée devant la mairie et qui bourdonne sa colère et sa terreur, je l'ai peut-être créée.

Il y a quelques jours à l'aube je suis entré dans un paradis, je suis redevenu presque un enfant, mes mains et mes genoux écorchés en portent la trace. Maintenant je suis seul dans les entrailles de la terre où dormaient les démons.

Cinq minutes passent ou cinq heures, je n'ai pas bougé d'un millimètre. Brusquement un immense silence vitrifie le village. On vient de trouver la tête du maire dans le cimetière avec une bille enfoncée dans l'œil.

Le seul mot de bille me tord le ventre. Que signifient ces signes diaboliques, cette machination ?

La foule s'ouvre. Trois gendarmes s'avancent vers moi.

« Commission rogatoire du juge Second. Veuillez nous suivre, nous avons quelques questions à vous poser.

— À quel sujet ?

— Au sujet des événements monstrueux qui frappent ce village et qui coïncident avec votre arrivée.

— Je suis venu écrire.

— C'est surtout le sang qui semble vous intéresser. »

Je monte dans le fourgon avec des jambes de coupable. Il démarre lentement. La terre entière me regarde. Entre la terre entière et moi il y a un mur de peur. Une écrasante paroi de stupeur. Je n'entends plus que l'immense tambour de ma tête.

Au milieu d'une forêt de caméras, de micros, de perches et de journalistes j'aperçois François, mon éditeur. Il parle. Et soudain je suis comme Mia Farrow dans *Rosemary's Baby* lorsqu'elle découvre la secte satanique derrière une porte dérobée. Durant un quart de seconde je croise le regard de François et j'y vois le diable dans son berceau noir.

Les 23 marches

« La vie c'est de l'eau, si vous mollissez le creux de la main vous la gardez. Si vous serrez le poing vous la perdez. »

JEAN GIONO

Un jour je suis entré sur les territoires magiques de Jean Giono. Depuis vingt ans, à toute heure, j'ouvre l'un de ses romans et j'en goûte quelques pages, pour ce bonheur violent et simple qu'un départ en voyage aussi me procure, le spectacle d'une femme qui croise des jambes de soie à la terrasse d'un café, une glace à la vanille dégustée un soir de juin dans un quartier calme de Venise.

J'ai découvert Giono tard et en marchant. Je marchais pour réchauffer mes os depuis six mois dans une prison militaire glaciale. C'était à Verdun et j'avais dix-neuf ans.

Un jour la porte de ma cellule s'est ouverte et l'aumônier m'a dit :

« Tenez lisez ça, c'est un Provençal comme vous. »

La porte s'est refermée, je claquais toujours des dents... J'avais dans les mains un petit livre bleu qui s'appelait *Colline*, un troupeau de chèvres venait vers moi. Je me suis assis sur la planche inclinée où je dormais et je l'ai ouvert :

« Quatre maisons fleuries d'orchis jusque sous les tuiles émergent des blés drus et hauts.

« C'est entre les collines, là où la chair de la terre se plie en bourrelets gras. »

Je venais de recevoir la foudre. En quelques mots toute mon enfance entra dans ma cellule : le village de Saint-Maime calciné par l'été sur son échine d'éboulis et de thym, l'odeur du fumier de poule et d'un bassin qui tourne, le bruit rond des pigeons le matin sur les tuiles, la perle d'or que le soleil a jetée par le trou d'un volet et qui roule doucement sur le ventre d'une commode puis allume soudain toute la chambre en touchant le cuivre d'un lit.

Brusquement j'eus moins froid, le soleil était posé sur mes épaules. Qui avait pu écrire une chose pareille ?

Giono devait vivre encore trois ans. Les galipettes du destin allaient m'envoyer bouler par-delà les frontières… Un beau matin, écartant la brume, je m'évadais. J'errai à travers l'Europe en quête d'amour et de faux papiers. C'est l'époque où j'aurais aimé écrire :

« Aux alentours de 1904, un "zèbre" quitta Toulon de nuit, sans bruit ni trompette. Dans certains milieux il était surnommé Tourniquet — il avait été condamné aux travaux forcés militaires — ou, plus souvent, Tringlot. »

Quand j'arrivai à Manosque, Giono venait de mourir. Un soir de novembre 70 j'allai au cimetière voir cet homme qui me laissait pour la vie, dans la tête, un immense soleil.

Un petit monte-en-l'air sympathique se prit d'amitié pour moi qui étais condamné par défaut à trois ans de prison ferme, désertion, refus d'obéissance, destruction de matériel (la porte de ma cellule).

Il m'hébergea dans le grenier où il vivait, sous les toits, passage du Contrôle. Une porte suspendue aux poutres par des cordes nous servait de table. Pendant quelque temps je travaillai chez un paysan de Volx, il me prenait pour une bourrique, j'en eus vite assez.

Il suffisait d'ouvrir le fenestron pour être sur les tuiles ; un matin je n'allai pas aux champs, je m'installai sur le toit, dos au mur avec quelques bons livres. J'avais surtout lu alors de Giono tout ce qui va jusqu'à la guerre, n'ayant pas d'argent pour acheter des livres, je relus dix fois la *Trilogie de Pan*.

Quelques années plus tard j'entrai dans l'univers solaire et noir que traverse Angelo, je demeurai sans voix. Sur ces toitures à deux pas d'un clocher, j'avais vécu des mois, j'avais vu tourner tout un printemps et un été.

Longtemps je restais sous la nuit d'août, un vent chaud embrasait tout le ciel… La poésie n'était pas loin. Ma solitude me servait de drapeau. Picaro perdu dans la houle bouillante des tuiles qui vient battre contre les cheminées. Comment me serais-je douté que cent quarante ans plus tôt ce ciel de plâtre et de craie avait brasillé sur le corps affamé d'Angelo, que je marchais avec mille prudences, chaque jour, sur des tuiles qu'il avait foulées, des sacs noués autour des pieds car elles sont à midi comme une plaque de four.

Non, je ne connaissais pas encore la cavalcade de ce petit hussard qui aime les cigares et le danger. Pourtant, un jour que je mourais de faim, par l'une de ces galeries ouvertes sur le ciel et qui plonge dans l'obscurité des maisons, à pas de loup je descendis dans l'une d'elles. J'avais espéré tomber dans l'arrière-cour d'un boucher charcutier dont la vitrine faisait baver la rue Grande.

J'avais vu juste. C'était entre midi et deux, la porte du fond n'était pas fermée, le charcutier n'était pas là. Je décrochai trois saucissons, jetai dans ma chemise quelques boîtes de pâté et remontai vers la lumière.

Imaginez ma tête lorsque, suivant Angelo par cette voie que j'avais empruntée quelques années plus tôt, je le vis remplir une couffe de bouteilles de coulis et de pots de graisse et de confiture.

Décidément Giono était trop fort, il y avait là quelque chose d'étrange, non seulement il inventait ma vie mais il lui donnait un tel souffle qu'elle pâlissait sous la puissance de cette évocation. Tout devenait plus vrai dans le livre : le ciel blanc, la chaleur, le cri d'un volet à l'heure de la sieste...

Comment cet homme qui n'était peut-être jamais monté sur les toits de Manosque avait-il conçu, de son bureau, ce foudroiement cosmique ?

Je compris alors ce que je n'avais que pressenti à vingt ans, quand je rôdais dans la poussière des routes : « Il y a beaucoup plus de ressources dans le vague à l'âme que dans la raison. »

Dès lors je sentis chaque jour la vie se dérober, le rêve lentement m'absorbait. À force de chevaucher à côté d'Angelo et de glisser par d'étroites lucarnes dans des greniers merveilleux, je me mis chaque nuit à rêver de Pauline.

Je descendais dans une demeure aux escaliers de marbre, une jeune femme était là, elle tenait un chandelier à trois branches à la hauteur d'un petit visage en fer de lance encadré de lourds cheveux bruns.

Pendant cinq ans je fus éperdument amoureux d'elle, cent fois je crus l'apercevoir dans les ruelles de Manosque. Où était donc ce grenier fantastique ? Lorsque je rencontrais une porte historiée, je tentais de me couler à l'intérieur de la maison ; je ne possédais qu'un indice : chaque étage était séparé du suivant par 23 marches.

Je pris l'habitude de compter les marches partout. Un après-midi que j'allais rendre des livres à l'hôtel d'Herbès, notre bibliothèque, je comptai 23 marches... Je redescendis en courant, recomptai : c'était bien 23 ! Mon cœur cessa de battre.

Je tentai le jour même de fouiller la bâtisse de la cave au grenier. Ça ne pouvait être que là. Dès lors, des après-midi entiers je restai assis dans l'une de ces salles, un livre ouvert devant moi que je ne lisais pas. Je savais qu'une femme aussi courageuse que belle allait venir vers moi. Un soir elle entra. Aussitôt je la reconnus : ce petit visage lisse et pointu comme un fer de lance.

Depuis nous nous retrouvons chaque jour dans un coin de la ville et souvent ensemble nous partons à la recherche d'Angelo. Nous garons notre voiture au village du Contadour et à pied, par une maigre vallée de lavande, de pierraille et de seigle, nous atteignons le Pas-de-Redortiers.

Si nous devons retrouver Angelo ce sera là, nous en sommes sûrs puisque c'est ici que tout a commencé. Un jour des troupes de corbeaux s'envoleront des toits, au fond de cette vallée sous nos pieds. Ce sera le signal.

Vous croyez peut-être que je vous raconte des histoires, eh bien, détrompez-vous, s'il y a bien une chose que Jean Giono m'a apprise, c'est que les histoires il n'y a que ça de vrai.

Si vous voulez rencontrer Pauline, faites comme moi, quittez votre bureau et montez vite sur les toits, n'allez pas chercher plus loin, c'est là qu'est le bonheur.

J'ai connu il y a longtemps un petit industriel du Nord qui présentait tous les signes extérieurs de la béatitude. Il tomba par hasard sur *Rondeur des jours* ; quelques mois plus tard il abandonnait tout pour courir vers ces terres de caillasse et de rêve.

Pendant dix ans je l'ai rencontré par tous les temps, errant sur les plateaux les yeux hors de la tête, à la recherche de la Mamèche, de Panturle, de la Douloire et du *Serpent d'étoiles.* Vêtu comme un naufragé il déplaçait la lumière.

Un soir que nous regardions le soleil glisser dans la vallée de Limans, il me dit : « Si chaque chose te sourit, c'est que tu fais fausse route. » J'appris quelque temps plus tard qu'il s'était embarqué sur un cargo pour l'autre bout du monde… Je ne devais plus jamais le revoir.

Il faut entrer au royaume de Giono un bandeau sur les yeux et accepter de se perdre. Le mystère est la science des poètes.

Virage sud

« On n'est pas d'un pays, on est de son enfance. »

SAINT-EXUPÉRY

Chaque matin, à l'heure où les petits maraîchers installent leurs légumes sur la place fraîchement arrosée, je choisis mon fauteuil à la terrasse du café, sous l'ombre verte des platanes l'été ou touché par le premier rayon de soleil en hiver, tout contre la façade. Un instant plus tard le patron, qui est un ami, m'apporte ma noisette et le journal d'ici.

Je n'ai jamais aimé l'école et aujourd'hui, à plus de quarante ans, ça continue. J'aime la vie. J'aime la rue, ses odeurs, les voix claires autour de moi des commerçants qui ouvrent leur boutique, les femmes déjà parfumées, encore plus belles que la veille, qui viennent acheter un paquet de cigarettes et qui parfois me sourient.

C'est l'heure la plus généreuse du monde. Je me sens tellement libre que j'ai chaque jour l'impression que je vais tomber amoureux. Amoureux je le suis depuis que je suis né, de la rue et de toutes les femmes qu'elle peut contenir.

J'ouvre toujours mon journal à la même page, celle des sports, du football précisément. La politique m'ennuie à mourir. Je jette un coup d'œil sur les faits divers qui déploient beaucoup de malice. Ici le foot c'est l'Olympique de Marseille et vous ne verrez pas un client qui n'ouvre d'abord son journal à la page de l'OM.

Les femmes s'installent avec des magazines en couleurs et croisent leurs jambes merveilleusement dorées.

Bien entendu, même plongé dans le feuilleton quotidien de l'OM, et Dieu sait s'il est captivant, il y a toujours un de mes yeux qui voyage sur ces jambes. Ce premier plaisir du jour, immense, est d'une sensualité qui ne se divise pas, sans ces jambes de femme, tout près de moi, la page des sports ne serait pas ce qu'elle est.

Je bois une gorgée de ma noisette et cela me permet de faire le point, de mieux me concentrer sur la beauté du moment, sur son inégalable grandeur. Le monde échappe à ceux qui n'ont pas connu cet instant.

Bien entendu, je distille tous les menus détails de ce qui fait le sel de la page et la vie de l'équipe : la blessure au genou du capitaine, les derniers transferts, les suspensions, la révolte d'un supporter contre l'injustice dont Marseille est, une fois de plus, la victime. C'est peut-être cela que j'aime le plus autour de cette équipe, l'esprit de révolte. Si j'avais à définir d'un mot Marseille, c'est ce qui jaillirait : un vent de révolte !

Et à mesure que j'avance dans ma lecture, sur cette petite place de Provence qui sent la tomate, la pêche et Opium, je retrouve toute la révolte de mon enfance, mon horreur de l'école où je n'y voyais rien et ma passion pour les collines, la mer, la lumière et le vent.

Tous les jeudis, j'allais à pied à l'entraînement. Mon maillot et mon short bleu pliés dans le sac, sur les chaussettes jaune et bleu et les chaussures à crampons. Pour arriver au stade Mallet, il fallait longer des champs de choux et de vastes prés où somnolaient des vaches rousses. Je revois ces après-midi d'hiver où je courais heureux dans l'or tiède et les cris d'enfants. J'ai d'abord joué demi puis ailier droit.

Le dimanche nous repartions gonflés à bloc dans le petit car de l'équipe poussins, puis minimes, affronter tous les quartiers de la ville : le Merlan, la Valentine, l'Estaque, la Pointe-Rouge ou la célèbre équipe du SMUC. Je me souviens qu'aux Treize-Coins les égouts traversaient le stade et on hurlait de bonheur en tapant dans un ballon poisseux. Toute la grandeur de Marseille était là, un soleil de plomb sur la tête enragée des minots.

C'est comme ça que j'ai bien connu ma ville, entre dix et treize ans, en la sillonnant en tous sens de dimanche en dimanche, le trac au ventre et le cœur fou. Dehors, sous la lumière étincelante de Marseille, mes faibles yeux, que terrorisaient les livres, voyaient tous les ballons et mes jambes volaient.

Jusqu'en équipe cadet mes jambes ont soutenu mes yeux, ensuite le ballon est allé trop vite. L'entraîneur était gentil, je jouais encore contre les faibles équipes ou en amical.

Un jour je ne suis plus allé au stade Mallet. Le dimanche j'allais au cinéma.

Les années ont passé. Le soleil a blanchi les os de cette ville, le mistral chaque été a séché les collines et moi, depuis quarante ans, je marche dans ces rues. Je traverse ces quartiers où le linge claque dans le ciel, je longe des boulevards, je débouche sur des places, et sous cette immense lumière du ciel et de la mer partout des enfants crient, courent et tapent dans un ballon.

On en voit sur tous les terrains vagues des quartiers Nord, entre les barres blanches des immeubles où l'herbe n'a jamais le temps de repousser, sauf jaune dans les coins, sur les petites places des anciennes banlieues entre une fontaine verte et le porche d'une église, derrière les grandes grilles en fer du port, à l'ombre des navires qui partent pour Tunis et la Corse, sur un stade abandonné le long de l'autoroute ou dans une ruelle en escaliers qui dégringole vers la mer.

Partout des enfants tapent en hurlant comme je l'ai fait jusqu'à treize ans, dans des ballons neufs ou crevés, des cartons, des nœuds très serrés de chiffons, des têtes de poupées arrachées, des feuilles de platane emportées par le vent. Et de chaque cour d'école, de chaque préau bondissent par-dessus les murs les mêmes clameurs.

La ville de Marseille résonne des plus lointains parkings d'hypermarchés aux ultimes barques de pêcheurs de Callelongue de cette énorme rumeur qui monte des dix mille recoins où hommes et enfants mêlés inventent jusqu'aux heures les plus avancées de la nuit les matchs les plus fous du monde. Marseille est un morceau incandescent du Brésil. Tous les hommes y sont des enfants.

Depuis dix ans, chaque semaine, je me rends à la prison des Baumettes, après les dernières maisons de Marseille, entre Mazargues et la Grèce. Avec une dizaine de détenus, nous écrivons dans une petite pièce fermée de barreaux nos rêves, nos peurs et les amours que nous aurions pu vivre. Je dis nous car au fil des saisons je deviens l'un des leurs. Lentement la prison est entrée en moi, c'est elle qui m'habite. De cette cité interdite accrochée aux roches blanches des collines, sous une lumière irréelle, je ne sors jamais.

Souvent, pendant que ces dix hommes écrivent penchés sur leur douleur ou leur mémoire, ou versent dans des gobelets en plastique un peu d'eau sur une cuillère de Ricoré, je m'approche de la fenêtre et appuie mon front contre les barreaux. La cour de promenade est juste sous mes yeux, un puits creusé par les bâtiments sévères et les miradors.

Été comme hiver, sous cette lumière cruelle, les mêmes hommes frénétiquement tapent dans un ballon pour oublier le temps. Leur torse nu reçoit la morsure de la pluie, du soleil et du vent. Sur leur crâne rasé noirci par le mistral courent les routes de leurs longues cicatrices blanches, les routes effrayantes de leur destin de parias. Ils ont des voix brutales pour se lancer des mots d'enfant. Les mots naïfs et beaux qu'on entend dans les écoles.

La prison abrite un peuple d'enfants blessés et dangereux. Chaque but qu'ils marquent claque comme une évasion. Du haut des miradors les surveillants écoutent gravement ces cris de guerre rebondir sur les murs. Ces hommes n'ont plus d'âge, leur patrie est le temps.

J'imagine qu'à cette seconde des milliers d'hommes perdus poussent les mêmes cris en tapant dans un ballon, les yeux brûlés de révolte dans les prisons de Tétouan, Cadix, Valladolid et l'île de Ré.

Les prisonniers et les footballeurs ont en commun cette forme de voyage que l'on nomme transfert. Ceux-ci vont d'un club à l'autre liés par des milliards, les autres d'une maison d'arrêt à une maison centrale les pieds entravés par des chaînes, des bracelets aux mains. Dans les avions de luxe et les fourgons cellulaires tous rêvent de pelouses vertes et de ballons blancs. Une mystérieuse complicité d'amitié et de clameurs relie ces hommes. Les footballeurs aiment les voyous.

J'ai fréquenté beaucoup de stades, assisté à de grands matchs. Je n'ai jamais senti la tension contenue, si magnétique, qui monte au fil des heures dans cette prison de Marseille les jours exceptionnels de finale. Les portes blindées et les barreaux d'acier américain sont en papier, la moindre erreur d'arbitrage peut pulvériser cette usine à gaz où les hommes en uniforme prient.

Dès le coup d'envoi, deux mille détenus et quelques centaines de gardiens coupent leur souffle. L'imminence de la catastrophe s'abat dans chaque couloir, chaque coursive. Les gabians désertent à grands coups d'ailes ce chaudron de sorcière et foncent en criant vers les îles du Frioul et le phare de Planier.

Un peu plus loin, au Stade-Vélodrome, un ballet dément se déploie devant soixante mille hallucinés dont les yeux giclent des têtes. Marseille terre de révolte. *Ce soir, on vous met le feu !*

Je ne sais pas si ayant grandi dans une autre ville j'aurais aimé le football. Je l'aime ici car il est le contraire de la raison, l'envers de la logique. Brusquement il vous bascule, comme la plus foudroyante passion amoureuse, dans des régions où l'on se perd avec bonheur, avec vertige.

Lorsqu'on court à un premier rendez-vous, on ne reconnaît plus son visage dans le miroir, ni ses muscles, ni la couleur de ses propres dents, notre mémoire n'est plus la nôtre et les mots perdent leur sens. Ici chaque match est un premier rendez-vous qui tire des quatre coins de Marseille un peuple somnambule.

Les hommes se tiennent debout sur une petite boule qui tombe parmi des milliards d'autres boules sans savoir ce que fut le début, ce que sera leur fin. Des destinées de cette boule, ils ne savent rien. Assis, debout, courbés, traversant des champs de maïs ou égarés dans la profondeur des villes, ils regardent vers le ciel, ils regardent vieillir leurs mains et monter autour d'eux les eaux de la mélancolie.

Alors dès qu'un ballon passe près d'eux, une fièvre incompréhensible embrase leurs cœurs et ils se mettent à courir en hurlant derrière cette boule. Brutalement ils oublient toute leur solitude car cette boule qui fuse et rebondit sur le goudron des boulevards, sur la terre épuisée des terrains vagues et dans les cours étroites des prisons leur appartient. Chacune de ses trajectoires, chacun de ses caprices, de ses mollesses ou de ses traits de laser leur appartient.

Quand on n'a plus rien, l'extraordinaire voyage de cette petite boule de cuir vers le soleil et les étoiles aura toujours plus de prix que tout l'or du monde entre les mains de ceux qui ont depuis longtemps oublié qu'ils furent un jour des enfants.

Un homme dans la ville

À l'automne 1988 mon premier roman parut en librairie, je fus invité au salon du livre de Toulon. Les écrivains y accourent de tous les recoins brumeux du pays pour voir devant la mer étinceler les palmiers sous une incomparable lumière. Cette lumière je ne l'ai jamais quittée, elle est pour moi une mère immortelle.

J'étais donc installé sous ce chapiteau de toile, devant le Grand Hôtel, et j'observais à la dérobée cette espèce singulière que je ne connaissais qu'à travers les magazines et dont je faisais depuis quelques jours partie : les écrivains. Certains signaient à tour de bras en souriant aux jolies femmes, d'autres se contentaient de les regarder passer.

Soudain un homme jeune se planta devant

ma table : jean noir, santiags, Perfecto. Sans un regard vers moi il attrapa mon livre et s'y plongea. Pendant près d'une heure, sans lever une seule fois les yeux, il lut une trentaine de pages, les premières, si absorbé que j'en fus plus mal à l'aise que si j'avais eu devant moi le plus célèbre critique du *Monde* ou du *Magazine littéraire*.

Je dédicaçai un ou deux livres sans que mon esprit puisse se détacher de ce curieux lecteur. Brusquement il m'interpella :

« Mais c'est mon histoire que vous racontez là ! »

Interloqué je bafouillai :

« Je ne l'ai pas fait exprès, c'est plutôt la mienne. »

Mécontent de ma réponse il reprit sa lecture. Une demi-heure encore passa. Mon malaise s'accrut.

« Je vous l'aurais acheté mais je n'ai pas d'argent ! » lança-t-il brutalement.

Ce n'est pas mon rôle de lui dire de le voler, pensai-je, ce n'est pas non plus le mien de le lui interdire. Les livres appartenaient aux libraires responsables des stands.

Quelque chose me disait que j'avais devant moi le meilleur lecteur que j'aurais jamais ; justement parce qu'il avait l'air du type qui n'a pas lu cinq bouquins dans sa vie.

Un étourdissant décolleté se pencha vers moi et me demanda si le prix Goncourt était là. Le temps que je retrouve mes yeux, mon meilleur lecteur avait disparu. Avait-il emporté mon roman ? Un moment je l'oubliai, rêvant que j'étais le prix Goncourt.

Je le vis foncer droit vers moi sur le coup de midi.

« Vous êtes écrivain, donc vous êtes riche. Je suis sorti hier de prison et j'ai dormi à l'asile de nuit. Je meurs de faim, donnez-moi cent francs !

— Ah… »

Ses yeux me fustigèrent. Trop pauvre ou trop avare pour mettre ma main dans ma poche, j'eus une idée : les organisateurs du salon avaient donné à chacun d'entre nous un badge qui nous ouvrait les portes, midi et soir, d'un excellent restaurant léché par la mer. Je décrochai du col de ma veste ce signe de reconnaissance et le lui tendis.

« Tenez, fixez ça à votre blouson et allez à La Corniche, au Mourillon, on vous y servira un repas comme vous n'en avez pas mangé depuis longtemps. »

En avait-il fait de pareil une fois dans sa vie ? J'en doutais. Moi-même, dont l'existence jusque-là n'avait rien à envier à la sienne, j'avais été très étonné par le raffinement d'une telle cuisine. Incrédule, il me scruta.

« On ne me laissera pas entrer, j'ai pas l'air d'un écrivain.

— Si on vous demande quelque chose, dites que vous faites de la bande dessinée. »

Il prit le badge et sans un mot s'éloigna.

J'étais attablé à La Corniche et discutais avec Tardi de *Voyage au bout de la nuit* devant un tartare de saumon aux quatre poivres lorsque sa silhouette se découpa dans le rectangle de lumière aveuglante de l'entrée. Il avait piqué sur le cuir de son blouson le sésame du paradis culinaire. « Aïe, me dis-je, c'est mon premier et mon dernier salon. » Tardi dut penser que j'avais une absence épileptique.

Les hôtesses, qui me connaissaient depuis la veille, m'avaient laissé passer. Elles installèrent le jeune voyou à quelques tables de la nôtre sans l'inquiéter. Elles eurent raison d'hésiter, dans chacun de ses yeux un meurtrier s'apprêtait à frapper.

Un peu rassuré je revins au *Voyage* sans toutefois le perdre de vue dans cette foule de cerveaux en vacances. On lui avait apporté son tartare et il bavardait maintenant avec son plus proche voisin, Roger Giquel, qui venait lui aussi de publier un livre. Que pouvait-il bien raconter pour captiver ainsi le journaliste qui en oubliait de manger ? Mon jeune loubard était dans cette salle le seul à faire voler ses mains autour de lui pour s'exprimer. Un rasoir dans de la crème anglaise.

Quelque chose d'indicible me liait à lui, secrètement, qui ressemblait fort à la détresse de la solitude et de la révolte. Bardamu et Robinson, pensai-je, car malgré les honneurs soudains qui m'éclairaient je savais très bien que la nuit devant moi serait longue.

Jamais je n'avais vu la bouche de Giquel aussi longtemps ouverte. Cette bouche ouverte n'arrangeait pas mon inquiétude. Allait-il se mettre à crier ?

Alors qu'on apportait les cafés, une hôtesse annonça qu'un journaliste du *Figaro* nous attendait munis de nos livres devant les voiliers pour une photo de groupe.

Isabelle Adjani sur le port ne nous eût pas attirés plus vite. En un clin d'œil tout le monde fut dehors.

Repoussé, bousculé, tassé, je me retrouvai accroupi devant une centaine de talents qui tendaient le cou vers la postérité. Lorsque je tournai le mien mon regard croisa celui de Giquel, planté dans le roman que je tenais devant moi comme chacun.

« Que faites-vous avec le bouquin de René Frégni ? me questionna-t-il.

— C'est moi. »

Ses yeux s'obscurcirent.

« Comment… J'ai déjeuné avec lui, il m'a raconté sa vie. Vous…

— Attendez, laissez faire *Le Figaro*, je vous expliquerai ensuite. »

J'aperçus alors mon meilleur lecteur debout sur un banc à vingt pas de là ; il nous observait un peu à l'étroit dans sa peau. L'appareil cliqueta et nous nous dispersâmes dans des « Ah ! » de bien-être et de contentement.

« Venez », dis-je. En deux mots je lui racontai l'affaire.

Se sentant démasqué le loubard vint à notre rencontre.

« Vous savez, monsieur, dit-il au journaliste, mon père vous admirait, tous les soirs il vous regardait à la télé. Il y a un an, quand je suis entré en prison, il a beaucoup pleuré, alors s'il m'avait vu aujourd'hui au milieu de tous ces écrivains et surtout avec vous, il aurait été l'homme le plus heureux du monde. »

Comme nous ne trouvions ni l'un ni l'autre rien à ajouter, il se détourna et se dirigea sous le soleil d'automne, seul, vers le centre de la ville.

Quelques mois plus tard, repensant aux palmiers de Toulon et à cet homme qui devait errer dans les rues d'une ville ou les couloirs d'une prison, j'achetai trois cahiers d'écolier, deux feutres noirs et commençai un nouveau roman.

Les plus beaux chants d'amour
montent des prisons

« Je ne suis rien.
Je ne serai jamais rien.
Je ne veux rien vouloir être.
À part ça, je porte en moi tous les rêves du monde. »

FERNANDO PESSOA

La prison des Baumettes est une cité interdite, gardée par de hauts miradors, entre les dernières banlieues de Marseille et les plus beaux paysages de *L'Iliade*. 2 600 hommes tournent en rond dans des cellules et dans des cours, des années durant. Très peu d'entre eux ont le privilège de pouvoir s'évader sur des échelles de mots. Ce peuple maudit surgi de la périphérie des villes n'a connu que misère et violence. À l'âge de quinze ans ils ont déjà ouvert des coffres-forts, des voitures de luxe et des tiroirs-caisses, ils ont ouvert le feu mais un livre jamais.

Cependant c'est là, dans une toute petite pièce, au-dessus de l'ancien quartier des condamnés à mort, que j'anime depuis des années un atelier d'écriture. Dans cette petite pièce fermée de barreaux j'ai connu des hommes extraordinaires. C'est l'histoire de l'un d'entre eux que j'aimerais vous raconter.

Un jour Paolo arrive et s'installe comme les autres autour de la table. Il a vingt-cinq ans, les yeux rieurs et verts. Il vient d'être condamné à vingt ans de réclusion pour attaques à main armée. Lorsque les autres lisent à haute voix les poèmes, nouvelles, récits qu'ils écrivent en cellule, Paolo commente, plaisante. La malice et la gentillesse se disputent son regard. Lui n'écrit pas un mot. Du moins je le crois. Il me dit :

« J'écris comme une vache espagnole, j'ai pas envie qu'on rigole de moi. Non, je viens ici pour pas perdre mon temps. »

Et il continue pendant des mois à venir chaque lundi les mains vides. J'ai été moi-même un trop mauvais élève dans ma jeunesse pour obliger quiconque à quoi que ce soit. Ses yeux me remercient.

Un jour pourtant, presque sous la table, il me fait passer en douce une liasse de feuillets en me chuchotant :

« Lis ça chez toi, ce soir, mais surtout pas ici, c'est ma vie. »

Le soir j'arrive chez moi, je m'installe sous la lampe et je sors les feuillets : écriture d'enfant, difficile à déchiffrer, trois fautes par mot. Je lis jusqu'à minuit. Soixante pages de révolte, de solitude, de haine, de rage, d'amour et d'inépuisable besoin de tendresse. Paolo raconte ce qu'il a appris pendant son procès, ce qu'une tante est venue dire à la barre : le secret de son enfance ; le calvaire d'une vie.

Quand Paolo avait six mois, raconte la tante, il pleurait tout le temps. Un matin sa mère coiffe sa sœur de quatre ans. Paolo n'arrête pas de brailler. La mère abandonne la sœur pour préparer un biberon. La petite fille en profite pour se pencher au balcon, bascule dans le vide et s'écrase sept étages plus bas.

La mère est si égarée, si folle de douleur qu'elle se rue sur Paolo et le roue de coups. Il en sera ainsi pendant des années. Elle attache l'enfant, le brûle, le bat, l'insulte, le fait dormir dehors avec le chien, l'envoie sans manger à l'école. Bref, elle le torture à la mesure de sa douleur. À douze ans Paolo fugue, vole, détruit. À quinze ans on l'enferme aux Petites-Baumettes.

Je suis anéanti.

À quelque temps de là, ATD Quart Monde me demande de venir dans une bibliothèque de Marseille parler de mes ateliers d'écriture en prison.

Pendant deux heures je raconte la détention, la misère, l'illettrisme, la violence. Je raconte aussi l'histoire si triste de Paolo. À la fin de la rencontre, une jeune femme vient à moi, plus éblouissante que le jour. Elle me dit : « J'ai été bouleversée par l'enfance de Paolo, j'aimerais bien lui écrire. »

C'est la seule fois où j'ai pensé que Paolo avait une sacrée chance. Elle me donne son adresse… Pour Paolo. Le lundi j'arrive aux Baumettes et je raconte à tous mon histoire. Je n'ai pas à en rajouter sur l'étourdissante beauté de la jeune femme. Je la décris, c'est tout. Tout le monde hurle qu'il a eu une enfance martyre, un père alcoolique, la famine et les coups...

« Non, leur dis-je, cette fois c'est pour Paolo. Ses yeux verts n'ont jamais été aussi beaux. »

Ils s'écrivent donc. Timidement d'abord ; frénétiquement très vite. Paolo donne chaque matin au gardien une lettre écrite la nuit. Il attend cinq heures du soir sa lettre à elle.

Trois mois plus tard il n'existe pas d'amour plus grand.

Le lundi il me guette comme le Messie. J'ai en face de moi un homme bombardé de lumière.

Il lit tout ce qui lui tombe sous la main, écrit, me demande conseil, en perd le sommeil, rêve les yeux ouverts avec des mots, des mots, des montagnes fabuleuses de mots.

Ils ne se sont encore jamais vus !

Un soir le téléphone sonne. C'est elle. Je reconnais sa voix. Aussi douce que son visage. Elle me dit : « Nous allons nous marier. Je voulais que vous soyez le premier à l'apprendre. C'est grâce à vous... Accepteriez-vous d'être notre témoin ? »

Je suis sans voix. Un tel amour avec des mots, uniquement des mots, des montagnes fabuleuses de mots…

Un tel amour dans la ville du silence.

L'homme qui passe

L'homme entra dans la ville alors que s'envolait sur les toits le douzième coup de minuit. Une petite rue montait tout illuminée d'arbres d'or. Cette nuit de Noël était aussi douce qu'un soir de septembre.

Un peu plus haut, il s'arrêta devant une église blonde grande ouverte. Une musique très belle en sortait et une odeur de cire. Il allait s'avancer vers cette forêt de voix et de flammes lorsque trois clochards ivres surgirent de l'ombre. Il sursauta. L'un d'eux brandissait le goulot brisé d'une bouteille.

« Tire-toi, grogna-t-il, on est assez nombreux ici ! Allez casse ! »

L'homme recula et poursuivit son chemin. Il entendit les ivrognes l'insulter puis éclater de rire.

La ville était déserte. Il fut rassuré un peu plus loin en entendant chanter une fontaine. L'eau n'était pas potable mais il avait si soif qu'il se désaltéra. Tout autour les volets étaient tirés. Des pies dormaient dans les platanes, la tête posée sur le col blanc de leur chemise. Il s'assit sur un banc, tira de la poche de son manteau un harmonica et joua l'air d'une chanson de Cabrel qui l'accompagnait depuis plusieurs jours. Un volet s'entrouvrit, se referma.

Il pensa qu'il avait réveillé une personne trop fatiguée pour fêter Noël. Il rangea son instrument et se remit en marche.

C'est ainsi qu'il arriva sous les hauts murs de cet ancien couvent qui était devenu l'hôpital de la ville. Il chercha sur la façade la septième fenêtre du premier étage. Dans cette chambre, sa mère était morte quelques années plus tôt. Il n'avait pas vraiment décidé de revenir là en cette nuit de Noël. Debout, dans la pénombre, il regarda longtemps cette fenêtre comme si sa mère allait brusquement apparaître et lui faire signe de monter.

Il leva les yeux. Au dernier étage la maternité brillait de tous ses feux, paquebot prêt à appareiller vers les merveilles et tumultes du monde.

Cette chambre où sa mère lui avait souri pour la dernière fois ; ce navire encore tout scintillant d'espérance… Une force irrésistible, qu'il n'aurait pu expliquer, le tirait vers ces murs qui contenaient tout le mystère. Qui nous avait arrachés au néant ? Qui nous y renvoyait ? Depuis la mort de sa mère il ne le redoutait plus. La plus vulgaire mouche était éternelle.

À cette heure, les grandes portes vertes de l'hôpital étaient closes. Il contourna le bâtiment et se dissimula derrière une ambulance. L'entrée des Urgences était éclairée. À l'intérieur, derrière un bureau, un journal grand ouvert dissimulait la standardiste.

Retenant son souffle, sur la pointe des pieds, il se glissa dans l'hôpital. Tout de suite, il retrouva l'odeur, sa gorge se serra. Toute la souffrance de sa mère était contenue dans cette odeur.

Il se souvint que l'ascenseur faisait du bruit, il emprunta l'escalier. Au troisième étage, il déboucha dans la maternité. Il se plaqua contre un mur et écouta. Le silence était rose saumoné. Le long couloir, désert.

La lumière bleue de la pouponnière l'attira. Il s'en approcha sur des œufs. À travers la paroi vitrée, il aperçut trois berceaux en plexi transparent ; chacun contenait un nouveau-né.

Il se retourna. L'office infirmier était vide. Une bouteille de champagne et une bûche attendaient sur la table parmi des tasses à café. Il lui sembla entendre des voix un peu plus loin dans la salle d'accouchement. Le personnel devait être occupé là.

Sans déplacer l'air, il entra dans la pouponnière. Les trois bébés dormaient dans un parfum de fleur d'oranger.

Il se pencha sur le premier. Aussitôt son cœur se calma. En une seconde, il oublia tout, son errance, sa solitude, la folie qui l'avait poussé là. Le petit visage endormi était si délicat si parfait qu'une phrase lui échappa : « Que tu es joli, toi… »

Il aperçut le petit bracelet inviolable autour de la minuscule cheville. Le prénom de l'enfant était écrit dessus : Marie.

Marie, pensa-t-il, comme sa mère. Sans s'en rendre compte, il prit le bébé dans ses bras et, avec son immense besoin de tendresse, il le serra très doucement sur son cœur. Les larmes inondèrent son visage : Marie, prononçait-il, Marie…

Il sortit de la pouponnière et chercha un coin obscur pour garder le bébé quelques instants contre lui. Il entendit des pas. Au bout du couloir une mère s'avançait, son bébé dans les bras. Il ouvrit la première porte et s'y engouffra. C'était le placard à balais. La maman passa tout près et s'éloigna.

Son cœur s'était remis à faire le fou. Il venait de comprendre qu'il n'aurait pas la force de repartir tout seul.

Il sortit de sa cachette et plongea dans l'escalier avec le bébé.

Aux Urgences, une autre ambulance venait d'arriver. Il profita de l'agitation pour filer avec Marie sous son manteau.

Il fit trois cents mètres le front brûlant et pénétra dans un jardin public. La lune éclairait un banc ; il s'y assit. Le bébé n'était vêtu que d'une grenouillère mais il le tenait très serré sous son manteau. Seul le petit visage endormi dépassait.

Longtemps il demeura immobile, le souffle coupé de bonheur, à contempler ce petit royaume de paix.

À un moment l'enfant rêva, sourit. L'homme crut que ce sourire était pour lui et son bonheur fut sans limites.

C'est alors qu'il aperçut la petite fossette au milieu du menton. Tout de suite, il la reconnut ; sa mère avait exactement la même, elle aussi.

« Marie, articula-t-il sans s'en rendre compte, ma petite Marie, ma fille. » Et il la serra encore plus fort. « Ma fille, répéta-t-il, ma fille… »

Pendant ce temps, l'affolement se propageait dans l'hôpital. Une puéricultrice avait buté contre le berceau vide. Elle avait appelé l'infirmière qui avait immédiatement alerté le chef de service. On avait fouillé dix fois toute la maternité en prenant bien soin de ne pas réveiller la maman. Rien.

La police venait d'arriver. Deux policiers interrogeaient la standardiste et le personnel des Urgences, deux autres, accompagnés d'infirmières paniquées, fouillaient l'hôpital de la cave au grenier.

L'angoisse se répandait le long des corridors immenses. Dans chaque chambre la lumière éclatait, faisant bondir les malades et réveillant les moribonds.

Contre le corps chaud et la tendresse de l'homme, le bébé avait bien dormi. Maintenant, il avait faim. Ses petites mains s'ouvrirent, se fermèrent, s'ouvrirent encore avec la grâce lente des anémones de mer.

L'homme était ébloui. « Que tu es petite, dit-il tout haut, que tu es fragile… Je vais bien te protéger, tu vas voir. On va être heureux tous les deux, ma petite Marie… »

Le bébé ouvrit les yeux. Il n'avait pas tété depuis près de quatre heures. Il se mit à pleurer.

Brusquement, l'homme tomba de son rêve. Pour la première fois depuis qu'ils étaient là, il releva la tête et chercha autour de lui, peut-être du secours.

Il tenta de calmer Marie, de la bercer, mais le besoin de vivre était trop grand. À présent, elle braillait. Il sut que la merveilleuse nuit de Noël était finie. Égaré, il se releva et se dirigea vers l'hôpital.

La voiture de police était toujours devant les Urgences. La marche avait calmé le nouveau-né. Sans faire de bruit, il ouvrit la portière arrière ; le plus tendrement qu'il put, il frôla de ses lèvres celles du bébé et le déposa sur la banquette enroulé dans son manteau.

« Au revoir ma petite fille, au revoir Marie », chuchota-t-il tout bas. Et il disparut dans la nuit.

Quelques secondes plus tard, une infirmière entendit hurler le bébé. La maman ouvrit les yeux à l'instant où l'on déposait Marie sur l'oreiller, près de son visage. Son sourire éclaira la chambre.

« Joyeux Noël ! lança la puéricultrice qui avait bien du mal à contenir son cœur. Vous ne pouviez pas rêver plus beau cadeau ».

Dès que la petite bouche rencontra la chaleur du sein, le nouveau-né poussa un cri de rage et tout l'hôpital respira.

L'homme marchait maintenant dans la plaine. Un sourire semblable à celui de la maman flottait encore dans ses yeux. La petite Marie ne le saurait sans doute jamais, elle avait offert à cet homme perdu une fabuleuse nuit de Noël et la force d'avancer un peu plus loin vers des villes inconnues.

Là-bas, sur les plateaux de lavande, les petites mains bleues de l'aube écartaient la nuit.

DU MÊME AUTEUR

Aux Éditions Denoël

LES CHEMINS NOIRS, 1988 (Folio n° 2361). Prix Populiste 1989

TENDRESSE DES LOUPS, 1990 (Folio n° 3109)

LES NUITS D'ALICE, 1992 (Folio n° 2624). Prix spécial du jury du Levant 1992

LE VOLEUR D'INNOCENCE, 1994 (Folio n° 2828)

OÙ SE PERDENT LES HOMMES, 1996 (Folio n° 3354)

ELLE DANSE DANS LE NOIR, 1998 (Folio n° 3576). Prix Paul Léautaud 1998

ON NE S'ENDORT JAMAIS SEUL, 2000 (Folio n° 3652). Prix Antigone 2001

L'ÉTÉ, 2002 (Folio n° 4419)

LETTRE À MES TUEURS, 2004 (Folio Policier n° 428)

MAUDIT LE JOUR, 2006 (Folio n° 4810)

TU TOMBERAS AVEC LA NUIT, 2008

COLLECTION FOLIO

Dernières parutions

4530.	François Nourissier	*La maison Mélancolie.*
4531.	Orhan Pamuk	*Neige.*
4532.	Michael Pye	*L'antiquaire de Zurich.*
4533.	Philippe Sollers	*Une vie divine.*
4534.	Bruno Tessarech	*Villa blanche.*
4535.	François Rabelais	*Gargantua.*
4536.	Collectif	*Anthologie des humanistes européens de la renaissance.*
4537.	Stéphane Audeguy	*La théorie des nuages.*
4538.	J. G. Ballard	*Crash !*
4539.	Julian Barnes	*La table citron.*
4540.	Arnaud Cathrine	*Sweet home.*
4541.	Jonathan Coe	*Le cercle fermé.*
4542.	Frank Conroy	*Un cri dans le désert.*
4543.	Karen Joy Fowler	*Le club Jane Austen.*
4544.	Sylvie Germain	*Magnus.*
4545.	Jean-Noël Pancrazi	*Les dollars des sables.*
4546.	Jean Rolin	*Terminal Frigo.*
4547.	Lydie Salvayre	*La vie commune.*
4548.	Hans-Ulrich Treichel	*Le disparu.*
4549.	Amaru	*La Centurie. Poèmes amoureux de l'Inde ancienne.*
4550.	Collectif	*«Mon cher papa...» Des écrivains et leur père.*
4551.	Joris-Karl Huysmans	*Sac au dos* suivi de *À vau l'eau.*
4552.	Marc-Aurèle	*Pensées (Livres VII-XII).*
4553.	Valery Larbaud	*Mon plus secret conseil...*
4554.	Henry Miller	*Lire aux cabinets.*
4555.	Alfred de Musset	*Emmeline.*
4556.	Irène Némirovsky	*Ida* suivi de *La comédie bourgeoise.*
4557.	Rainer Maria Rilke	*Au fil de la vie.*
4558.	Edgar Allan Poe	*Petite discussion avec une momie et autres histoires extraordinaires.*

4559. Madame de Duras	*Ourika. Édouard. Olivier ou le Secret.*
4560. François Weyergans	*Trois jours chez ma mère.*
4561. Robert Bober	*Laissées-pour-compte.*
4562. Philippe Delerm	*La bulle de Tiepolo.*
4563. Marie Didier	*Dans la nuit de Bicêtre.*
4564. Guy Goffette	*Une enfance lingère.*
4565. Alona Kimhi	*Lily la tigresse.*
4566. Dany Laferrière	*Le goût des jeunes filles.*
4567. J.M.G. Le Clézio	*Ourania.*
4568. Marie Nimier	*Vous dansez ?*
4569. Gisèle Pineau	*Fleur de Barbarie.*
4570. Nathalie Rheims	*Le Rêve de Balthus.*
4571. Joy Sorman	*Boys, boys, boys.*
4572. Philippe Videlier	*Nuit turque.*
4573. Jane Austen	*Orgueil et préjugés.*
4574. René Belletto	*Le Revenant.*
4575. Mehdi Charef	*À bras-le-cœur.*
4576. Gérard de Cortanze	*Philippe Sollers. Vérités et légendes.*
4577. Leslie Kaplan	*Fever.*
4578. Tomás Eloy Martínez	*Le chanteur de tango.*
4579. Harry Mathews	*Ma vie dans la CIA.*
4580. Vassilis Alexakis	*La langue maternelle.*
4581. Vassilis Alexakis	*Paris-Athènes.*
4582. Marie Darrieussecq	*Le Pays.*
4583. Nicolas Fargues	*J'étais derrière toi.*
4584. Nick Flynn	*Encore une nuit de merde dans cette ville pourrie.*
4585. Valentine Goby	*L'antilope blanche.*
4586. Paula Jacques	*Rachel-Rose et l'officier arabe.*
4587. Pierre Magnan	*Laure du bout du monde.*
4588. Pascal Quignard	*Villa Amalia.*
4589. Jean-Marie Rouart	*Le Scandale.*
4590. Jean Rouaud	*L'imitation du bonheur.*
4591. Pascale Roze	*L'eau rouge.*
4592. François Taillandier	*Option Paradis. La grande intrigue, I.*

4593. François Taillandier — *Telling. La grande intrigue, II.*
4594. Paula Fox — *La légende d'une servante.*
4595. Alessandro Baricco — *Homère, Iliade.*
4596. Michel Embareck — *Le temps des citrons.*
4597. David Shahar — *La moustache du pape* et autres nouvelles.
4598. Mark Twain — *Un majestueux fossile littéraire* et autres nouvelles.
4599. André Velter — *Zingaro suite équestre* (nouvelle édition)
4600. Tite-Live — *Les Origines de Rome.*
4601. Jerome Charyn — *C'était Broadway.*
4602. Raphaël Confiant — *La Vierge du Grand Retour.*
4603. Didier Daeninckx — *Itinéraire d'un salaud ordinaire.*
4604. Patrick Declerck — *Le sang nouveau est arrivé. L'horreur SDF.*
4605. Carlos Fuentes — *Le Siège de l'Aigle.*
4606. Pierre Guyotat — *Coma.*
4607. Kenzaburô Ôé — *Le faste des morts.*
4608. J.-B. Pontalis — *Frère du précédent.*
4609. Antonio Tabucchi — *Petites équivoques sans importance.*
4610. Gonzague Saint Bris — *La Fayette.*
4611. Alessandro Piperno — *Avec les pires intentions.*
4612. Philippe Labro — *Franz et Clara.*
4613. Antonio Tabucchi — *L'ange noir.*
4614. Jeanne Herry — *80 étés.*
4615. Philip Pullman — *Les Royaumes du Nord. À la croisée des mondes, I.*
4616. Philip Pullman — *La Tour des Anges . À la croisée des mondes, II.*
4617.Philip Pullman — *Le Miroir d'Ambre. À la croisée des mondes, III.*
4618. Stéphane Audeguy — *Petit éloge de la douceur.*
4619. Éric Fottorino — *Petit éloge de la bicyclette.*
4620. Valentine Goby — *Petit éloge des grandes villes.*

4621. Gaëlle Obiégly — *Petit éloge de la jalousie.*
4622. Pierre Pelot — *Petit éloge de l'enfance.*
4623. Henry Fielding — *Histoire de Tom Jones.*
4624. Samina Ali — *Jours de pluie à Madras.*
4625. Julian Barnes — *Un homme dans sa cuisine.*
4626. Franz Bartelt — *Le bar des habitudes.*
4627. René Belletto — *Sur la terre comme au ciel.*
4628. Thomas Bernhard — *Les mange-pas-cher.*
4629. Marie Ferranti — *Lucie de Syracuse.*
4630. David McNeil — *Tangage et roulis.*
4631. Gilbert Sinoué — *La reine crucifiée*
4632. Ted Stanger — *Sacrés Français ! Un Américain nous regarde.*
4633. Brina Svit — *Un cœur de trop.*
4634. Denis Tillinac — *Le venin de la mélancolie.*
4635. Urs Widmer — *Le livre de mon père.*
4636. Thomas Gunzig — *Kuru.*
4637. Philip Roth — *Le complot contre l'Amérique.*
4638. Bruno Tessarech — *La femme de l'analyste.*
4639. Benjamin Constant — *Le Cahier rouge.*
4640. Carlos Fuentes — *La Desdichada.*
4641. Richard Wright — *L'homme qui a vu l'inondation* suivi de *Là-bas, près de la rivière.*
4642. Saint-Simon — *La Mort de Louis XIV.*
4643. Yves Bichet — *La part animale.*
4644. Javier Marías — *Ce que dit le majordome.*
4645. Yves Pagès — *Petites natures mortes au travail.*
4646. Grisélidis Réal — *Le noir est une couleur.*
4647. Pierre Senges — *La réfutation majeure.*
4648. Gabrielle Wittkop — *Chaque jour est un arbre qui tombe.*
4649. Salim Bachi — *Tuez-les tous.*
4650. Michel Tournier — *Les vertes lectures.*
4651. Virginia Woolf — *Les Années.*
4652. Mircea Eliade — *Le temps d'un centenaire* suivi de *Dayan.*
4653. Anonyme — *Une femme à Berlin. Journal 20 avril-22 juin 1945.*
4654. Stéphane Audeguy — *Fils unique.*
4655. François Bizot — *Le saut du Varan.*
4656. Pierre Charras — *Bonne nuit, doux prince.*

4657. Paula Fox — *Personnages désespérés.*
4658. Angela Huth — *Un fils exemplaire.*
4659. Kazuo Ishiguro — *Auprès de moi toujours.*
4660. Luc Lang — *La fin des paysages.*
4661. Ian McEwan — *Samedi.*
4662. Olivier et Patrick Poivre d'Arvor — *Disparaître.*
4663. Michel Schneider — *Marilyn dernières séances.*
4664. Abbé Prévost — *Manon Lescaut.*
4665. Cicéron — *«Le bonheur dépend de l'âme seule».* Tusculanes, *livre V.*
4666. Collectif — *Le pavillon des Parfums-Réunis.* et autres nouvelles chinoises des Ming.
4667. Thomas Day — *L'automate de Nuremberg.*
4668. Lafcadio Hearn — *Ma première journée en Orient* suivi de *Kizuki le sanctuaire le plus ancien du Japon.*
4669. Simone de Beauvoir — *La femme indépendante.*
4670. Rudyard Kipling — *Une vie gaspillée* et autres nouvelles.
4671. D. H. Lawrence — *L'épine dans la chair* et autres nouvelles.
4672. Luigi Pirandello — *Eau amère.* et autres nouvelles.
4673. Jules Verne — *Les révoltés de la Bounty* suivi de *maître Zacharius.*
4674. Anne Wiazemsky — *L'île.*
4675. Pierre Assouline — *Rosebud.*
4676. François-Marie Banier — *Les femmes du métro Pompe.*
4677. René Belletto — *Régis Mille l'éventreur.*
4678. Louis de Bernières — *Des oiseaux sans ailes.*
4679. Karen Blixen — *Le festin de Babette.*
4680. Jean Clair — *Journal atrabilaire.*
4681. Alain Finkielkraut — *Ce que peut la littérature.*
4682. Franz-Olivier Giesbert — *La souille.*
4683. Alain Jaubert — *Lumière de l'image.*
4684. Camille Laurens — *Ni toi ni moi.*
4685. Jonathan Littell — *Les Bienveillantes.*
4686. François Weyergans — *La démence du boxeur.* (à paraître)

4687. Frances Mayes — *Saveurs vagabondes.*
4688. Claude Arnaud — *Babel 1990.*
4689. Philippe Claudel — *Chronique monégasque* et autres textes.
4690. Alain Rey — *Les mots de saison.*
4691. Thierry Taittinger — *Un enfant du rock.*
4692. Anton Tchékhov — *Récit d'un inconnu* et autres nouvelles.
4693. Marc Dugain — *Une exécution ordinaire.*
4694. Antoine Audouard — *Un pont d'oiseaux.*
4695. Gérard de Cortanze — *Laura.*
4696. Philippe Delerm — *Dickens, barbe à papa.*
4697. Anonyme — *Le Coran.*
4698. Marguerite Duras — *Cahiers de la guerre* et autres textes.
4699. Nicole Krauss — *L'histoire de l'amour.*
4700. Richard Millet — *Dévorations.*
4701. Amos Oz — *Soudain dans la forêt profonde.*
4702. Boualem Sansal — *Poste restante : Alger.*
4703. Bernhard Schlink — *Le retour.*
4704. Christine Angot — *Rendez-vous.*
4705. Éric Faye — *Le syndicat des pauvres types.*
4706. Jérôme Garcin — *Les sœurs de Prague.*
4707. Denis Diderot — *Salons.*
4708. Isabelle de Charrière — *Sir Walter Finch et son fils William.*
4709. Madame d'Aulnoy — *La Princesse Belle Étoile et le prince Chéri.*
4710. Isabelle Eberhardt — *Amours nomades.*
4711. Flora Tristan — *Promenades dans Londres.* (extraits)
4712. Mario Vargas Llosa — *Tours et détours de la vilaine fille.*
4713. Camille Laurens — *Philippe.*
4714. John Cheever — *The Wapshot.*
4715. Paule Constant — *La bête à chagrin.*
4716. Erri De Luca — *Pas ici, pas maintenant.*
4717. Éric Fottorino — *Nordeste.*
4718. Pierre Guyotat — *Ashby* suivi de *Sur un cheval.*
4719. Régis Jauffret — *Microfictions.*
4720. Javier Marías — *Un cœur si blanc.*

4721. Irène Némirovsky — *Chaleur du sang.*
4722. Anne Wiazemsky — *Jeune fille.*
4723. Julie Wolkenstein — *Happy End.*
4724. Lian Hearn — *Le vol du héron. Le Clan des Otori, IV.*
4725. Madame d'Aulnoy — *Contes de fées.*
4726. Collectif — *Mai 68, Le Débat.*
4727. Antoine Bello — *Les falsificateurs.*
4728. Jeanne Benameur — *Présent ?*
4729. Olivier Cadiot — *Retour définitif et durable de l'être aimé.*
4730. Arnaud Cathrine — *La disparition de Richard Taylor.*
4731. Maryse Condé — *Victoire, les saveurs et les mots.*
4732. Penelope Fitzgerald — *L'affaire Lolita.*
4733. Jean-Paul Kauffmann — *La maison du retour.*
4734. Dominique Mainard — *Le ciel des chevaux.*
4735. Marie Ndiaye — *Mon cœur à l'étroit.*
4736. Jean-Christophe Rufin — *Le parfum d'Adam.*
4737. Joseph Conrad — *Le retour.*
4738. Roald Dahl — *Le chien de Claude.*
4739. Fédor Dostoïevski — *La femme d'un autre et le mari sous le lit.*
4740. Ernest Hemingway — *La capitale du monde* suivi de *l'heure triomphale de François Macomber.*
4741. H.P Lovecraft — *Celui qui chuchotait dans les ténèbres.*
4742. Gérard de Nerval — *Pandora* et autres nouvelles.
4743. Juan Carlos Onetti — *À une tombe anonyme.*
4744. R.L. Stevenson — *La Chaussée des Merry Men.*
4745. H.D. Thoreau — *« Je vivais seul, dans les bois ».*
4746. Michel Tournier — *L'aire du Muguet,* suivi de *La jeune fille et la mort.*

Composition Imprimerie Floch.
Impression Novoprint
à Barcelone, le 13 octobre 2008.
Dépôt légal : octobre 2008.

ISBN 978-2-07-034421-5 / Imprimé en Espagne.

148803